# 读懂母亲

老舍 等著

中国文史出版社
CHINA CULTURAL AND HISTORICAL PRESS

**图书在版编目（CIP）数据**

读懂母亲 / 老舍等著 . -- 北京 ： 中国文史出版社，

2025. 1. -- ISBN 978-7-5205-5082-6

Ⅰ . I266

中国国家版本馆 CIP 数据核字第 20250XJ341 号

---

**责任编辑：张春霞**

**出版发行：**中国文史出版社

**社　　址：**北京市海淀区西八里庄路 69 号院　邮编：100142

**电　　话：**010-81136606　81136602　81136603（发行部）

**传　　真：**010-81136655

**印　　装：**廊坊市海涛印刷有限公司

**经　　销：**全国新华书店

**开　　本：**787mm×1092mm　1/16

**印　　张：**16

**字　　数：**166 千字

**版　　次：**2025 年 5 月第 1 版

**印　　次：**2025 年 5 月第 1 次印刷

**定　　价：**58.00 元

# 目 录

## 第三辑 —— 那一声叮咛，是最美的声音

第一辑
——
我很幸运，
有爱我的母亲

# 老舍：我的母亲

母亲的娘家是北平德胜门外，土城儿外边，通大钟寺的大路上的一个小村里。村里一共有四五家人家，都姓马。大家都种点不十分肥美的地，但是与我同辈的兄弟们，也有当兵的，做木匠的，做泥水匠的和当巡察的。他们虽然是农家，却养不起牛马，人手不够的时候，妇女便也须下地做活。

对于姥姥家，我只知道上述的一点。外公外婆是什么样子，我就不知道了，因为他们早已去世。至于更远的族系与家史，就更不晓得了。穷人只能顾眼前的衣食，没有工夫谈论什么过去的光荣，"家谱"这字眼，我在幼年就根本没有听说过。

母亲生在农家，所以勤俭诚实，身体也好。这一点事实却极重要，因为假若我没有这样的一位母亲，我以为我恐怕也就要大大的打个折扣了。

母亲出嫁大概是很早，因为我的大姐现在已是六十多岁的老太婆，而我的大外甥女还长我一岁啊。我有三个哥哥，四个姐姐，但能长大成人的，只有大姐，二姐，三姐，三哥与我。我是"老"儿子。生我的时候，母亲已有四十一岁，大姐二姐已都出了阁。

由大姐与二姐所嫁入的家庭来推断，在我生下之前，我的家里，大概还马马虎虎的过得去。那时候订婚讲究门当户对，而大姐丈是做小官的，二姐丈也开过一间酒馆，他们都是相当体面的人。

可是，我，我给家庭带来了不幸：我生下来，母亲晕过去半夜，才睁眼看见她的老儿子——感谢大姐，把我揣在怀中，致未冻死。

一岁半，我把父亲"克"死了。

兄不到十岁，三姐十二三岁，我才一岁半，全仗母亲独立抚养了。

父亲的寡姐跟我们一块儿住，她吸鸦片，她喜摸纸牌，她的脾气极坏。为我们的衣食，母亲要给人家洗衣服，缝补或裁缝衣裳。在我的记忆中，她的手终年是嫩红微肿的。白天，她洗衣服，洗一两大绿瓦盆。她做事永远丝毫也不敷衍，就是屠户们送来的黑如铁的布袜，她也给洗得雪白。晚间，她与三姐抱着一盏油灯，还要缝补衣服，一直到半夜。她终年没有休息，可是在忙碌中她还把院子、屋中收拾得清清爽爽。桌椅都是旧的，柜门的铜活久已残缺不全，可是她的手老使破桌面上没有尘土，残破的铜活发着光。院中，父亲遗留下的几盆石榴与夹竹桃，永远会得到应有的浇灌与爱护，年年夏天开许多花。

哥哥似乎没有同我玩耍过。有时候，他去读书；有时候，他去学徒；有时候，他也去卖花生或樱桃之类的小东西。母亲含着泪把他送走，不到两天，又含着泪接他回来。我不明白这都是什么事，而只觉得与他很生疏。与母亲相依为命的是我与三姐。因此，她们做事，我老在后面跟着。她们浇花，我也张罗着取水；她们扫地，我就撮土……从这里，我学得了爱花，爱清洁，守秩序。这些习惯至今还被我保存着。

有客人来，无论手中怎么窘，母亲也要设法弄一点东西去款待。舅父与表哥们往往是自己掏钱买酒肉食，这使她脸上羞得飞红，可是殷勤地给他们温酒做面，又给她一些喜悦。遇上亲友家中有喜丧事，母亲必把大褂洗得干干净净，亲自去贺吊——份礼也许只是两吊小钱。到如今如我的好客的习性，还未全改，尽管生活是这么清苦，因为自幼儿看惯了的事情是不易改掉的。

姑母常闹脾气。她单在鸡蛋里找骨头。她是我家中的阎王。直到我入了中学，她才死去，我可是没有看见母亲反抗过。"没受过婆婆的气，还不受大姑子的吗？命当如此！"母亲在非解释一下不足以平服别人的时候，才这样说。是的，命当如此。母亲活到老，穷到老，辛苦到老，全是命当如此。她最会吃亏。给亲友邻居帮忙，她总跑在前面：她会给婴儿洗三——穷朋友们可以因此少花一笔"请姥姥"钱，她会刮痧，她会给孩子们剃头，她会给少妇们绞脸……凡是她能做的，都有求必应。但是吵嘴打架，永远没有她。她宁吃亏，不斗气。当姑母死去的时候，母亲似乎把一世的委屈都哭了出来，一直哭到坟地。不知道哪里来的一位侄子，声称有继承权，母亲便一声不响，教他搬走那些破桌子烂板凳，而且把姑母养的一只肥母鸡也送给他。

可是，母亲并不软弱。父亲死在庚子闹"拳"的那一年。联军入城，挨家搜索财物鸡鸭，我们被搜两次。母亲拉着哥哥与三姐坐在墙根，等着"鬼子"进门，街门是开着的。"鬼子"进门，一刺刀先把老黄狗刺死，而后入室搜索。他们走后，母亲把破衣箱搬起，才发现了我。假若箱子不空，我早就被压死了。皇上跑了，丈夫死了，"鬼子"来了，满城是血光火焰，可是母亲不怕，她要在刺刀下，饥荒中，保护着儿女。北平有多少变乱啊，有时候兵变了，街市整条地烧起，火团落在我们院中。有时候内战了，城门紧闭，铺店关门，昼夜响着枪炮。这惊恐，这紧张，再加上一家饮食的筹划，儿女安全的顾虑，岂是一个软弱的老寡妇所能受得起的？可是，在这种时候，母亲的心横起来，她不慌不哭，要从无办法中想出办法来。她的泪会往心中落！这点软而硬的个性，也传给了我。我对一切人与事，都取和平的态度，把吃亏看作当然的。但是，在做人上，我有一定的宗旨与基本的法则，什么事都可以将就，而不能超过自己画好的界限。我怕见生人，怕办杂事，怕出头露面；但是到了非我去不可的时候，我便不得不去，正像我的母亲。从私塾到小学，到中学，我经历过起码有二十位教师吧，其中有给我很大影响的，也有毫无影响的，但是我的真正的教师，把性格传给我的，是我的母亲。母亲并不识字，她给我的是生命的教育。

当我在小学毕了业的时候，亲友一致的愿意我去学手艺，好帮助母亲。我晓得我应当去找饭吃，以减轻母亲的勤劳困苦。可是，我也愿意升学。我偷偷地考入了师范学校——制服，饭食，书籍，宿处，都由学校供给。只有这样，我才敢对母亲提升学的话。入学，要交十元的保证金。这是一笔巨款！母亲作了半个月的难，把这巨款筹到，而后含泪把我送出门去。她不辞劳苦，只要儿子有出息。当我由师范毕业，而被派为小学校校长，母亲与我都一夜不曾合眼。我只说了句："以后，您可以歇一歇了！"她的回答只有一串串的眼泪。我入学之后，三姐结了婚。母亲对儿女是都一样疼爱的，但是假若她也有点偏爱的话，她应当偏爱三姐，因为自父亲死后，家中一切的事情都是母亲和三姐共同撑持的。三姐是母亲的右手。但是母亲知道这右手必须割去，她不能为自己的便利而耽误了女儿的青春。当花轿来到我们的破门外的时候，母亲的手就和冰一样的凉，脸上没有血色——那是阴历四月，天气很暖。大家都怕她晕过去。可是，她挣扎着，咬着嘴唇，手扶着门框，看花轿徐徐地走去。不久，姑母死了。三姐已出嫁，哥哥不在家，我又住学校，家中只剩母亲自己。她还须自晓至晚地操作，可是终日没人和她说一句话。新年到了，正赶上政府倡用阳历，不许过旧年。除夕，我请了两小时的假。由拥挤不堪的街市回到清炉冷灶的家中。母亲笑了。及至听说我还须回校，她愣住了。半天，她才叹出一口气来。到我该走的时候，她递给我一些花生，"去吧，小子！"街上是那么热闹，我却什么也没看见，泪遮迷了我的眼。今天，泪又遮住了我的眼，又想起当日孤独地过那凄惨的除夕的慈母。可是慈母不会再候盼着我了，她已入了土！

儿女的生命是不依顺着父母所设下的轨道一直前进的，所以老人总免不了伤心。我二十三岁，母亲要我结了婚，我不要。我请来三姐给我说情，老母含泪点了点头。我爱母亲，但是我给了她最大的打击。时代使我成为逆子。二十七岁，我上了英国。为了自己，我给六十多岁的老母以第二次打击。在她七十大寿的那一天，我还远在异域。那天，据姐姐们后来告诉我，老太太只喝了两口酒，很早的便睡下。她想念她的幼子，而不便说出来。

七七抗战后，我由济南逃出来。北平又像庚子那年似的被"鬼子"占据了。可是母亲日夜惦念的幼子却跑西南来。母亲怎样想念我，我可以想象得到，可是我不能回去。每逢接到家信，我总不敢马上拆看，我怕，怕，怕，怕有那不祥的消息。人，即使活到八九十岁，有母亲便可以多少还有点孩子气。失了慈母便像花插在瓶子里，虽然还有色有香，却失去了根。有母亲的人，心里是安定的。我怕，怕，怕家信中带来不好的消息，告诉我已是失了根的花草。

去年一年，我在家信中找不到关于母亲的起居情况。我疑虑，害怕。我想象得到，如有不幸，家中念我流亡孤苦，或不忍相告。母亲的生日是在九月，我在八月半写去祝寿的信，算计着会在寿日之前到达。信中嘱咐千万把寿日的详情写来，使我不再疑虑。十二月二十六日，由文化劳军的大会上回来，我接到家信。我不敢拆读。就寝前，我拆开信，母亲已去世一年了！

生命是母亲给我的。我之能长大成人，是母亲的血汗灌养的。我之能成为一个不十分坏的人，是母亲感化的。我的性格，习惯，是母亲传给的。她一世未曾享过一天福，临死还吃的是粗粮。唉！还说什么呢？心痛！心痛！

# 梁实秋：想我的母亲

　　我的母亲姓沈，杭州人。世居城内上羊市街。我在幼时曾侍母归宁，时外祖母尚在，年近八十。外祖父入学后，没有更进一步的功名，但是课子女读书甚严。我的母亲教导我们读书启蒙，尝说起她小时苦读的情形。她同我的两位舅父一起冬夜读书，冷得腿脚僵冻，取大竹篓一，实以败絮，三个人伸足其中以取暖。我当时听得惕然心惊，遂不敢荒嬉。

　　我的母亲来我家时年甫十八九，以后操持家务尽瘁终身，不复有暇进修。我同胞兄弟姊妹十一人，母亲的劬育之劳可想而知。我记得我母亲常于百忙之中抽空给我们几个较小的孩子洗澡。我怕肥皂水流到眼里，我怕痒，总是躲躲闪闪，总是咯咯地笑个不住，母亲没有工夫和我们纠缠，随手一巴掌打在身上，边洗边打边笑。

　　北方的冬天冷，屋里虽然有火炉，睡时被褥还是凉似铁。尤其是钻进被窝之后，脖子后面透风，冷气顺着脊背吹了进来。我们几个孩子睡一个大炕，头朝外，一排四个被窝。母亲每晚看到我们钻进了被窝，叽叽喳喳的笑语不停，便过来把油灯吹熄，然后给我们一个个地把脖子后面的棉被塞紧，被窝立刻暖和起来，不知不觉地就睡着了。我不知道母亲用的什么手法，只知道她塞棉被带给我无可言说的温暖舒适，我至今想起来还是快乐的，可是那个感受不可复得了。

我从小不喜欢喧闹。祖父母生日照例院里搭台唱傀儡戏或滦州影戏。一过八点我便掉头而去进屋睡觉。母亲得暇便取出一个大笸箩，里面装的是针线剪尺一类的缝纫器材，她要做一下缝缝连连的工作，这时候我总是一声不响地偎在她的身旁，她赶我走我也不走，有时候竟睡着了。

母亲说我乖，也说我孤僻。如今想想，一个人能有多少时间可以偎在母亲身旁？

在我的儿时记忆中，我母亲好像是没有时候睡觉。天亮就要起来，给我们梳小辫是一桩大事，一根一根地梳个没完。她自己要梳头，我记得她用一把挼子蘸着刨花水，把头发弄得锃光大亮。然后她要一听上房有动静便急忙前去当差。盖碗茶、燕窝、莲子、点心，都有人预备好了，但是需要她去双手捧着送到祖父母跟前，否则要儿媳妇做什么？在公婆面前，儿媳妇永远是站着的，没有座位的。足足的站几个钟头下来，不是缠足的女人怕也受不了！最苦的是，公婆年纪大，不过午夜不安歇，儿媳妇要跟着熬夜在一旁侍候。她困极了，有时候回到房里来不及脱衣服倒下便睡着了。虽然如此，母亲从来没有说过一句怨言。到了民元前几年，祖父母相继去世，我母亲才稍得清闲，然而主持家政教养儿女也够她劳苦的了。她抽暇隔几年返回杭州老家去度夏，有好几次都是由我随侍。

母亲爱她的家乡，在北京住了几十年，乡音不能完全改掉。我们常取笑她，例如北京的"京"，她说成"金"，她有时也跟我们学，总是学不好，她自己也觉得好笑。我有时学着说杭州话，她说难听死了，像是门口儿卖笋尖的小贩说的话。

我想一般人都会同意，凡是自己母亲做的菜永远都是最好吃的。我的母亲平常不下厨房，但是她高兴的时候，尤其是父亲亲自到市场买回鱼鲜或其他南货的时候，在父亲特烦之下，她也欣然操起刀俎。这时候我们就有福了。我十四岁离家到清华，每星期回家一天，母亲就特别疼爱我，几乎很少例外地要亲自给我炒一盘冬笋木耳韭菜黄肉丝，起锅时浇一勺花雕酒，这是我最喜欢的一道菜。但是这一盘菜一定要母亲自己炒，别人炒味道就不一样了。

我母亲喜欢在高兴的时候喝几盅酒。冬天午后围炉的时候，她常要我们打电话到长发叫五斤花雕，绿釉瓦罐，口上罩着一张毛边纸，温热了倒在茶杯里和我们共饮。下酒的是大落花生，若是有"抓空儿"的，买些干瘪的花生吃则更有味。我和两位姊姊陪母亲一顿吃完那一罐酒。

后来我在四川独居无聊，一斤花生一罐茅台当作晚饭，朋友们笑我吃"花酒"，其实是我母亲留下的作风。

我自从入了清华，以后和母亲在一起的时候就少了。抗战前后各有三年和母亲住在一起。母亲晚年喜欢听评剧，最常去的地方是吉祥，因为离家近，打个电话给卖飞票的，总有好的座位。我很后悔，我没能分出时间陪她听戏，只是由我的姊姊弟弟们陪她消遣。我父亲曾对我说，我们的家所以成为一个家，我们几个孩子所以能成为人，全是靠了我母亲的辛劳维护。三十八年以后，音讯中断，直等到恢复联系，才知道母亲早已弃养，享寿九十岁。西俗，母亲节佩红康乃馨，如不确知母亲是否尚在则佩红白康乃馨各一。如今我只有佩白康乃馨的份了，养生送死，两俱有亏，惨痛惨痛！

# 戴望舒：母爱

　　他的病魔正在那里和死神交战，他的病正是在最危险的地步。他的面庞瘦得全不像个人，一双颧骨凸出得很高，两只眼睛陷进得很深，嘴唇上连一丝血色都没有，可是，面上的燥火却红得厉害。他已昏昏沉沉的三天没有进食，不但是没有进食，就是滴水都没有入口。在他病榻面前围满了五六个医生，有的摇头微叹，有的望着他发怔，他们已把各人平生的技术都用来，可是总想不出怎样可战胜死神。他们都是焦思着，屋子里静得连呼吸声都觉得很大。窗外药炉上的水沸声又兀是闹个不休，越显得他的病症的危险可怕。他的母亲尤是焦急万分，噙着一包热泪，不住地望着伊爱子，轻轻地走到病榻前俯身下去瞧，伊可怜伊自己原也有病在身，可是伊为了伊爱子的病，竟把自己的病都忘了。伊已三夜不曾合眼过。眼皮肿得很高，也不知是不睡肿的，还是伤心肿的。伊只有他一个爱子，伊的丈夫已在十年前故世了，只遗下这一块肉。伊守寡十年，靠着十个指头赚了钱来养他，备尝了世上的艰苦，才把他养大成人，使他能在社会上做点事，自食其力了。伊是极爱他的，伊的心中只有他一个爱子，所以除了伊爱子，随便什么都可牺牲。可怜伊为了他竟积劳成了个不易医治的病。但是，伊仍是照样的做丧，希望他成家立业。

不料他忽然病了，病症又十分危险。伊百般地服侍看护。可是他的病竟一天重一天。伊也曾天天地求神拜佛祝他病好，伊也曾拼当衣衫为他求医。伊一天到晚地望他好起来。伊竟对天立誓说，宁愿自己死了代伊的爱子受过。

他的病在最危险时，朦胧中只听得见耳际有颤动的呼吸声，又觉得头顶上有双手在那里抚摩他的头发，又觉得有人和他接了个吻，轻轻地拍拍他的身子。突然，有一滴水滴到他脸上，他微微地张开眼睛看了看，只见枕头边有个人伏着，也看不见是谁。他慢慢地伸手过去，却摸着枕头上湿了，倒有一大摊水。他觉得眼前一黑，又是昏沉沉地睡去了。

他的病总算赖天的保佑，竟战胜了死神了。他母亲知道他的病已不危险了，也安了一大半心。但是伊还总是担忧，伊急望他痊愈。伊仍是不懈地看护他，不几时他的病竟消失得无影无踪了。不过他的病魔却加到他的母亲的身上了。他母亲本来已是有病之身，再加上伊爱子的一场大病，又是担心，又是积劳，所以等伊爱子病好了不久，伊又接连地病起来。伊的病状尤是凶险万分，一天到晚竟没有一刻儿困得着，终日地哼呼喊叫，实是危险极了。但是，伊对伊爱子却说："我的病是不妨事的，过一两天自然就好了。你病才好，不可过劳，我的病不用你来照顾，我自己能服侍自己，不用你担心的。依我看来，医生也不必去接，这点点小病痛也值得花多钱吗？就是你自己也不必老守在家里，外面也好去游散游散。不过这几天天冷，你衣服却要多着些啊。"伊虽是病得很厉害，伊却不肯对爱子直说，免得他心忧，还要事事都管周到，真是爱子之心无微不至了。可是他呢，真是全无良心的，自己病一好也就不管他母亲的病了。总算还听他母亲的话，医生也不请，终日到晚老毛病发作，花天酒地的，索性连回也不回去了。老实说，他的心中哪里有他母亲一个人。可怜他母亲的病愈积愈重，竟一病不起了。在伊临终时，伊的爱子正在那里逐色征歌，可怜伊还盼望伊儿子归来见一见面，直等到气绝了，身冷了，还没有瞑目。

# 靳以：母亲的安息

压倒了我的母亲的，不只是医生束手的疾病，还有那几十年来日积月累的辛苦。

最初是那无比的贫困，说是每天只能有一餐来充饥，还要劳苦地工作着。悍姑恶嫂，又时时加以欺凌，原是不善言辞的母亲，只是暗自垂泪。到了父亲的事业已经成功，衣食都已无虞，又有许多其他不顺心的事使她烦恼。总是有不欢喜说出来的个性，就强自忍在心中，渐渐地使自己的身心蒙受了大的损害。很小的时候，我们就懂得和她说：

"妈，为什么生闷气呢，有话您就说出来吧，我替您去出气。"

"嗐，你还小呢，等你大起来的时候，妈妈把这几十年的苦都告诉你，那时候你才知道妈活过来这一辈子，着实不容易！"

可是我们渐渐地都大起来了，她并没有把她的故事全说给我们，那也许是她没有那份闲豫，所以她时时用抱怨的语气说："你容我喘一口气不好么！"从我能记事的时节起，她就一直没有身心都在平静舒适之中，当她安顺地像吐尽了几十年的积郁似的喘着最后的一口气，整个的世界也在她的眼中消失了。

平时使我们担心着的是她那不良的胃，那是缠了她二十年的疾病。记得我们还只是十几岁的时候，随了父亲住在五千里外的母亲曾为胃病大大地扰害着，终于电报也来了，只大了我三岁的姐姐不得不仓促就道。那时节我们都哭着，我也要去的，却因了读书和体质弱的原因就阻止了。亲友看到我们便说："唉，七个孩子，也着实可怜，真的上天就不曾长眼睛么！"

那一次她却好过来了。母亲后来说起来时就眼含了泪，信鬼信神的样子解说："他们一定要我走了，我一回头，就看见你们那些只小手牵着我，我就说：'我不能走，我还有我的孩子们呢！'一下惊醒了，果然你姐姐的手就抓着我的手。"

虽是好了，就留下病根。饮食不宜也难受，生了气也要难受，还有一年大大小小的节日也要难受。最初听到她打着长长的空嗝还以为像平常人一样会觉得心胸畅快些，待问起来，才知道那就是病的症象之一。要是在和别人生着闷气，空嗝就一个连一个。她曾经和我们说过："这样的嗝越多，我的胃就越觉得痛。"

由于心胸的狭小和沉默的个性，自己就给了自己不少迫害。知道了她这样的性情，对方就这样来使她生气。我们遇到她时，常常和她说："为什么不说出来呀？你有什么话都说出来定会好得多呀！"

"我说给谁听？我说了又有什么用？"

"您应该想得开一点，什么事也不管，什么气也不生，他们也就没有法子办了。"

"那除非我咽了这口气，我，我……"

接着这不能说下去的话，是一滴一滴滚滚的泪珠。我们也劝过她离开家，好好到别的地方去住一程；可是她又会说我们没有打算，想想看，她怎么能抛得下这个家？

其实在管家的这一面上，她并不是一个好手，什么琐烦细碎的事情都要过眼过手，更大更重要的事反被忽略了。因为精神的不济，对于仆人的调度就并不恰当，亲友的招待，也毫不热心。尤其对于她母家的人，她显出更无情、更愤恨；到后来才知道因为当初她嫁给我的父亲，她的一家人都站在反对的那边。

"嫁出去的女，泼出去的水，不是你们说过谁也不找谁么？"

由于母亲当年所受的那些奚落和白眼，说这些话也并不为过分，只是在人情这一面来讲，母亲是显得过于薄一点了。父亲有时也暗地里和我说：

"你母亲显得有点过了，事情既然过去，也就算了，总是自己的骨肉之亲，太难为了也不大好。你们，你们将来可都不要这样才好呵！"

就是母亲去世的上一年年底，不知怎么样胃病突然地大大发作起来。有的医生已经说到了没有办法的情形了，有一晚上就疼得挺直身子，脸像纸样白，眼睛闭着，鼻口冰冷。我们几个，恰巧留在家中，大声地叫，流着泪，更小的弟弟还出声地哭号，才像是叫醒了她，从鼻子里哼出来，自己也呜呜地哭着。

到底是怎样疼法，都无从想象，只是听着她不间断地呻吟，就悄悄知道一点那是多么不能忍受的了。

可是她渐渐地好起来，使我们感到说不出的惊喜。

过了年的春天里，又是一种新的疾病来到她的身上，最初只是感到不适，颈项间又肿起小小的一块。医生来看了说，这些病都是不关紧要的，只要病好了颈项上的肿也就可以消尽。听从医生的话，每天都要吃一碗汤药，许多天也不见一点效。原是这么许多年把药都已吃厌了的母亲，就显出不耐烦来了：

"我要停一停了，常吃药也不会有什么效验。"

可是和医生说起来，却以为母亲没有尽调养之实，一面抹着胡子一面说：

"总得三分药力七分养，八太太的肝气着实旺，又好思索，那也是没有法子的事呵！"

正值父亲的事业全部失败，有陷于破产的可能，母亲真是成日成夜地忧虑着，就是劝说也无法。她不是忧虑自己的生活，她担心失败了的父亲的将来，尤其是他身体那一面。

"你们知道什么，这几十年来他都是顺风，这一下他怎么能受得住？"

每当我们解劝她的时节，她就这样地和我们说。我们自然也知道这一层，可是这也是徒忧无益，和她说，她就会再说：

"我也不是没有心的，谁说要我看着他一个人愁眉苦脸，我自己欢天喜地？"

除去在心中忧愁着之外，家庭的用度上也尽力撙节。

"不比从前了，"她常说，"省一个是一个，一个钱将来也怕难得了！"

这也可以说是她的过虑，为了她的个性，劝说也是无用。

日益空虚的家，情况也就十分惨淡凄凉，再加上多方面都费心思，母亲的身体更坏下去了。那时候我正是一个人住在 × 城，和父亲说起来的时节，常常想到把母亲也接到 × 城去住，那么一切家务琐事，都不必由她操持，住在一处，费用自可减少。母亲也并不坚决反对，只是要把身下的房子卖出去或租出去，自己的身体也好起一些来再说。

事实上，她的身体不但没有好起来，还一天一天地坏下去。不知为了什么，对西医有了牢不可破的不信任，就是进医院也成为一件颇困难的问题了。住在家中的弟弟们来信就说：

"……颈上的肿处更显然了，母亲还说时时作痛。夜间常是不能安眠，因为呼吸感到不自然。常常咳，每到下午还要出汗。真……"

末了就是劝着我回家一次，说是便于主持医药。

无论怎么样忙着，我也把杂事略加摒挡，尽快乘了火车回去。坐在床上的母亲，一见了我，连语音都改了似的，快乐地说：

"孩子，你怎么回来了？"

我连一句话也说不出来，就扑到母亲的怀里。母亲时常说只要看见了我，心底立刻就畅快，病也要减轻的。为了这原因，我都几次想摆脱一切事，终日来陪伴她。到我真的和她说，她就又以为：

"你总得做自己的事呵，只要你能常常来看我也就是了。"

我从她的怀中抬起脸来望着，她是更瘦了，可是那肿处更大起来，隐约地看到那上面的微血管。当母亲问起我来的时候，我却什么也不敢说：

"妈，您不要那么想，您的脸色好得多了。我想，再请一个医生看看也好。"

为了想知道她的症候，我用了许多谎话才和她说好请一个西医来。我说那是我从前的一个同学，而且只诊察也不必吃药。

她对于西医的厌恶和恐惧，真是使我们再也想不到的，看到那个医生进来，全身就抖起来了，嘴唇也失去了原有的一点血色。

"妈，您怕什么呢，只要看一看就成了……"

可是她并没有因为我的话就安静下来，看到她的样子，连自己也后悔起来，我怎么应该使她感到这么大的不安呢？

诊察之后，在她面前医生说了几句安慰的话，就走到另外一间房里和我们说：

"……病象虽不十分显然，也看出来不是癌，就是结核性的凛疡。若是癌，那就一点法子也没有；就是不是的话，治起来也很费事。"

我记得当时我只听了这两句话，就好像被人从万仞的高处给丢下去，一直也没有立定脚。我的额间和我的手心都沁出了凉汗。我想说话，我的声音打着颤，天地都变了样，我的眼睛冒着金花。终于我费力地吐出来：

"您是说……您是说……"

"不必这样，"那个医生好心地拍着我的肩，"但愿我的诊断错误，就是，如果是结核性的病，也还有法子可想的。"

自从经过了这次的诊断以后，我的心就划了一个大大的隙洞，我延迟我的行期，我时时守在她的身边，贪婪地看着她。在心中我真是反复地想着医生的诊断不确或是有例外的变化，在报章上我留意一切广告启事，凡是有关于她的病症的药或治法，总不会错过。

每天的晚间，我总等她快要安眠才退出来。我并没有就回到自己的房中，我屏着气息地立在她的窗下，望着她的灯熄了，我还是立在那里，听她的呻吟静下去，起了睡着的微微的鼻息，我才悄悄地离开，回到自己的房中，披了外衣戴上帽子走出去。总是在十一点钟左右，到了相熟的友人那里，尽心地探询有什么法子能治疗她的病痛。回来的时候，多半在午夜以后了，才跨进了家门，就提起脚跟，生怕会惊醒她似的，一直再走到她的窗下。听着那房中安静地没有一点声息，才回到自己的房去睡。

我不能好好地安睡，无数的反侧就度过了黑暗紧抱着的夜。只要是听到母亲的呻吟，立刻就披衣下床，到她的窗下去。好几次都是自己的耳朵作祟，到了她的窗下，才知道她并不曾呻吟过。

为了杂事待理，我不得不离开她。家中事都安置好了，自己还像是不放心似的又说了一遍，才自含泪上路。至今我仍然追悔，为什么那时不曾下了决心一直伴着她呢？临行时她的泪眼，不是明明地和我说："不要离开我吧，孩子！"

独自住在×城，心里更不能安宁下去。我不敢想，我也怕提起来，可是我的心无时不在苦痛着。我常是幻想着要我和世事全然隔绝了一些时之后，我的母亲不复为病所苦，那难治的病已经消失。可是每次弟弟们的来信中却说着情况一天不如一天，甚至也建议着把远在 × 地的父亲请回来，仔细商量一下才好似的。

父亲那时候正为一些不幸的遭遇所苦，我怎么还能再给他另外一个不幸的消息呢？若是病果然是不治的，就是父亲回来怕也没有什么办法吧。这样子想着，只有我自己时时奔波回家了。

有一次，为了和一个友人同行，原是该在总站下车的，却在东站下了。回到家中时候是更晚些，出乎意外的，病着的母亲仍然候着我。我还有什么话说呢，只是想重重地敲打自己的头，才能减轻心上的罪愆吧！只要看见我，她就露出微微的笑容，我抚摸着她的手，是那么瘦，有了那么多的皱纹，在最近，更显出青色的血管来。

在病中，她总是有照镜子的癖性。因为久病，也就有一点浅识，她自己会察看脸色和舌色。她是那么多疑，这举动对她没有一点好处，我就乘机把那面镜子藏起来。一直她就好像忘了似的，有一天她想起来，不得不给她，当她照着的时候，突然就哭起来：

"我怎么能成这样了，颈子也不像样子，这要我怎么做人呵！"

她的脸色真是更不好了，颈间的肿处已经破了，像绽开的火榴，时时有黄水流出来。我也打了一个冷战，警惕地想起来一个医生的话："破了就更不好，什么时流出血来，那就，那就……"就是不说出来我也知道，我真不知道我的心是在什么样的境况中，绝望里我只起着不合理的想念，是那么幼稚，那么无补于事。

一直是服用中药，每次我都要根据药中的说明来讲给她听。对于一些药她早就有不良的印象，我只得略过去，在另一些药上，我由自己的意加上许多她希冀的功用。（其实并不是自己的意思，母亲就要问着"能不能止痛呵？能不能安眠呵？"的话。）

明知无用，每晚的汤药也是自己侍奉。母亲这许多年来，太多吃药，见了药就皱起眉。我会当了她的面尝一口，强自忍着苦涩，她问着的时候就说："不，一点也不苦，只要您吃下去，明天就见效。"

几次费了许多口舌请来西医，他们的药却从来也不入口。若是过于苦劝，她就眼睛包着泪哀求似的说：

"不要逼我吧，孩子。谁说我还不知道药可以治病？我吃不服，反倒坏事的，我的病又不一定会要命，犯不着这么来。"

听了这样的话，自己也忍不住热泪涌出来，母亲始终没有想到她的病症之严重，常是说：

"我也想开了，病好了和你住到 × 城去，什么心事也不管，我知道你总能顺着我的心。"

当我听到了的时候，心就突地一沉，她是那么渴望着活下去，好好地活下去，多看我们几年，也要多看那些势利的亲友些年。

平时我的心在可怕的矛盾中，我不忍离开她，有时却故意要离开她一些时，为了在这一段时间中，想着能有奇迹降临，使她一切的病痛都消减。可是当我离开她，我时时都在牵记着她。每想到医生的诊断，我的心就大大地颠覆一次，我要骗着我自己："那是我听错了，不会是真的——那是他诊断的错误……"

不管怎么样想着，总要流着泪的。挂记着我的母亲，还以为我睡着，就差了人来看看我是不是忘记盖了被毯。

几多年前，母亲对我真是有说不出的慈爱，在病中，也不忘记我的喜恶，就是在饮食一面她也要操持，看到我的食量减少了，就一定要我每餐都在她面前。为了使她心安，我像吞着沙粒一样地吞着饭菜。我不还是一个孩子么，我也正需要我的母亲，怎么无情的疾病就能夺去她呢？

因了病况的加重，我每夜都守在她的外房，晚间和她道了晚安，并没有回到自己的房里，就一个人就着用黑纱遮好的灯，呆坐在那里。我听着她的呻吟，听着她安静的鼻息。守着夜色渐渐又淡了下去才走进她的房里，她会惊讶地说：

"你怎么起得这样早呀！"

有一天深夜，她却像再也忍不下去，急喘着，我就先开了灯再走进去。我握了她的手，另一只手把蘸了樟脑油的棉花放在她的鼻尖，她并没有张开眼，只是用她那冰冷的手紧紧握了我的，过了一刻钟的样子她才安静下来，缓缓张开眼，说：

"你怎么会进来的？"

"我……我……"因为无法隐瞒，我只得告诉她，我早就在她的外房守候。

"唉，唉，真是我的好孩子，妈正要你，你就来了。"

疾病增重了她的心悸，她怕没有人的房子，她也怕黑暗，我就要她抓了我的手，我守在床前，度着迢迢的长夜。

"那怎么可以，你也不是铁打的身子，怕把你也要累坏了。"

"累不坏的，日里睡点就不算什么。"

果然她就依从了我。当她睡了的时候，我轻轻地抽出我的手（因为我的手已经麻木），坐在近床的椅子上。每次她转动的时节，我都走到她的近前，使她知道我还是守在那里。望了我一眼之后，她就又安心地睡着。

那已经入了冬，雪花也在飘着，母亲的病是一天一天地重下去，因为颈间的肿溃，不只是向外发，在皮下也增大。饮食难下不必说，就是呼吸也感到困苦，睡着的时节，因塞住突然醒来的事极常有。那我就抱了她的身子，她的眼睛瞪得很大，干枯的手紧抓着我的手，都使我感到疼痛，一直到她呼吸平静下去，她才又安稳地闭上眼睛，在我的怀中睡着了。

她怕火，一点热气会使她的病象增重；她的心胸就像烧着的一团火，常是在睡眠中就掀开了身上的被盖。若为她再盖上，她就会像孩子一样不耐烦地叫着：

"要烧死我了，要热死我了，你们不知道么！"

她的嘴唇干焦，睡中也时时为烦渴扰醒，她哑着嘴，那我们就会把适口的温水蘸了棉花放在她的嘴里，等她吮过了，我们把棉花在她的唇上涂着。

关于母亲的病，我不讳言我的叙述是多么迷茫，多么纷杂。想起来那时候的心情也正是如此。我像做一个大梦，那不幸的收尾我也是早知道了，可是我尽力避免，总也不敢想。我使空幻的幸运障住了我的眼睛，只要使母亲好起来，我什么都能去做的。我也想着那真是一场梦，有一天我醒了来才知道那不是真实的事，母亲仍是健壮地主持家务，作为一家的灵魂，爱着她的孩子们。

我是那样昏昏沉沉地过着日子，只是有一天，又是一个医生来看过，到我的房里，医生才严重地和我们说：

"你的父亲不在这边么？"

我的心已经起始抖战了，我不能给他好好的回答："他还在……"

"那就拍电报去请他回来吧。"

"有那必要么？有那必要么？"

我不信那个医生，我只当他是梦中说着呓语。

"你母亲过不了十天……"

我什么再听不见了，像是呆了一样地坐在那里，我只记得一抹红红落山的阳光，照在我的窗上，那不是光，那是切割我的情感的利刃。

我不知道那个医生是谁送出去的，一片哀凄的哭声惊醒了我，那是三弟和六弟。起初我没有哭，心在抖战，终于也哇的一声哭出来，我拉了弟弟们的手哭着。女仆走进来，和我们说：

"少爷们，不要哭，怕太太听得见，——真是，太太多么好呵！真好……"

这样说着的女仆，也自抽噎地哭起来了。在哭声中她断断续续说出来就要吃晚饭了，不要尽哭，怕哭红了眼睛，我的母亲看出来。

天是渐渐地暗下来了，三个人各自坐在那里，黑暗中，闪着三双晶莹的眼睛。暗下来的不只是天色，还有我们三颗弱小的心。

我更坚决了，怎样困倦也不离开她，为的使我能更多地看她一些，免得日后莫赎的追悔。

夜中，我正坐在她的床旁，她突然翻身坐起来，睁大了眼睛，喘息地问着：

"谁呀？谁呀？"

"我，妈妈，是我。"

答应着的时候，早把我的手送过去，她那一双干瘦的手就抓了我的，有点湿腻的冷汗，我还觉得出她脉管的跳动。

"真吓死我了！"她告诉我，"一个白发老太太拉着我走，我说：'我有我的孩子们呵，我不跟你去。'我就醒了，你正在这里。只要有你，我的心就平静了，男儿汉，倒是有些不同。"

我记起了若干年前她在病中有的相同的梦幻，她原是一个胆小的人，平日又信奉仙佛，她常是说有我她的胆子才壮起来，才能安稳地入睡，我若离开，就是睡着也要醒转来。

我要她再睡下去，她也要我睡下，我立刻就答应了。我面对着她，两只手握着她的手，躺下去困倦就更使我难耐，又是那么冷，每当她微微动一下，我就要立刻睁开眼睛，看着她。看到我没有加上被盖，她就说：

"到那边拉一张被盖上吧，冻坏了你可怎么办！"

虽是这么平淡的一句话，挚爱的母情却深深地刺着我的心，我想到那将是不复有的了，有一些天之后，虽然世界仍是那么广大，人还是那么多，这样的话语再也不会有了，我就再也忍不住从心底泛上来的酸楚，拉过被，盖上我的脸，母亲也许以为我怕冷，我却怕被母亲发觉那一双含满了泪的眼。

接到我的电报，远地的父亲和姐姐都赶回来了。一向孩子气比我更甚的姐姐，背了母亲，打着滚似的号啕大哭，初见的时候，却极力忍着哀伤。母亲像是要哭了，可是她的泪好像已经干枯。

"这么多年，这么多年……"

她只是反复说着这几个字，在她身后抱了她的我，忍不住又淌下泪来。那是静静地流出来的，我又不能揩拭，只是任它滴在母亲的背上和我自己的身上，她不会觉察。可是看到姐姐一低头，一转身就出去了。

看到父亲和姐姐，她又想起来在××的二弟，三番两次地说起来，问着是不是可以回来一次。虽然答应她，我们并没有写信去，为的二弟只是归途就要半月的时日，就是赶回来，也不一定能见着生面。他知道母亲病，却不知道这样沉重，我们没有都告诉他，要他远地牵挂，也没有什么用处。

最后的几天，我真是再也支持不住了，就是坐在那里，也要垂头睡着，躺下去，就难得再睡醒似的。明明听见母亲痛苦的呻吟，再怎么样自己也抬不起头来。母亲早自说着：

"你睡你的吧，不要起来了，任着我什么时候才完呵……"

到我醒来的时候，就看见母亲坐在床上，上身伏在那里。吐出来的血，已经染红了被单。

"妈，妈，您怎么了？"

　　我几乎是一边哭着一边叫，我抱了她的身子，要她睡在我的怀中，她缓缓地睁开了疲惫的眼睛，低低地和我说：

　　"没……没有什么……你不要担心……吐出来反觉得轻快一点似的。"

　　她的全身颤抖，虽然那么瘦小，重量却像是增加了许多。才好了一些，她就吩咐女仆到菜市去买才上市的野味，因为父亲、姐姐和我平日都喜欢吃的。

　　故去的前两天，她的精神显得更好一些，睡眠也更安稳了。我暗自庆幸着，想到若是有那一天，由我母亲请那些过虑的医生们吃一顿饭。可是在那天傍晚，我们正因为她熟睡才集在另一间房里，忽然听见击打着床的声音，待匆匆地赶过去，她已经闭上眼睛（我时时想到当她和死做最后的挣扎，身边竟没有一个人，她的心中当时该有多么大的气愤，而我的心中的追悔，至今也不曾泯灭一分）。我跳到床上抱了她的身躯，我的全身发着颤抖，我们大声地叫，把一种刺激性的药放在她的鼻端，果然她悠悠地又喘出了一口气。她张开眼睛，望着面前的那些人，她像觉得烦了，摇摇头，向着空中颔首，知道已经到了最后的一刻，还在乞求神的恩赐似的。终于，她的眼睛定了，嘴角流出口涎，伤口也有殷红的血滴着。

　　我轻轻地抚下来她的眼睑，自己的脚像是软了，我再也站不住，我再也不知道什么……

　　遵从母亲的话，她的遗体在床上躺了三天。我总想着母亲是不曾死，或是如她所说的，她总还能缓过那口气来。可是当我摸到她的手，冰冷的感觉使我打着寒战，我一面跪下去一面哭着，心里才意识到："她是再也不会活过来了。"

可是她永远活在我的心里，我时时看见她的脸，听见她的语音，她快活地和我说着：

"要活得勇敢些，不要因为我就永远悲伤，把思念我、爱我的心去爱更多的人吧。"

# 徐懋庸：母亲

母亲去世，已满一个月了。

近日想起，悲哀已像一块冷却的铁，虽然还压在心头，但失去灼痛的热度了。因此，能够沉重地、但冷静地想想她的命运。

小的孩子们没有见过祖母，要知道祖母是怎样的一个人。他们要知道的，主要是音容笑貌。但关于音容笑貌，我无法加以描写。遗憾的是，母亲并没有留下一张照相。但照相怎么能够传达母亲的形象呢？我的母亲是一个最普通的村妇，她的从二十六岁到四十六岁的二十年间的形容，对我是极具体的，但又极抽象。有谁注意过自己的母亲的美观的呢！对于儿女，母亲就只是母亲，只觉得她的崇高，只关心她的脸庞的消瘦或丰腴、愁苦或愉快的变化。

孩子们问我怎样爱母亲的，我也说不出。对于母亲，是不像对于别的人，可以爱可以不爱的；对于母亲的爱，不会依什么情况为转移而有所增减的。在无论什么情况下，母亲总是母亲。

我能够说的，只有母亲的痛苦。

生在贫家，嫁在贫家，物质生活的辛苦，是不必说了。精神上，从也被贫困刺激得性情粗暴的丈夫，是没有得到安慰的。至于儿女，夭亡的夭亡了，离散的离散了。在十二三年的战争期间，千难万难地养大了一个孙女，是她膝下唯一的承欢的人。但是，解放以后，先是我派了人要从她身边把她的孙女带走；这没有成，却反而突然被死神带走了……

解放以后，她的桑榆晚景，本来也不算坏。知道我没有在战争中死掉，还给她添了一大群的孙儿，这"福气"，就不小；我寄的钱，也够她和我的父亲温饱地度日的；经过改革的社会，对她也尊重起来了……还有什么不满足的呢？然而，她是不满足的，非常痛苦的，她是在痛苦中死去的。

她晚年的痛苦，是我所给她的。

我是她唯一可以指靠的儿子。指靠也算指靠到了，我供给了她的生活费用。但她所指望的，只是这么？她还有别的要求的。但是我，解放以后，一次也没有回去过；孙儿一大群，对她也不过是想象中的存在。"福气"不小，可是虚的。二十多年不见，她该有多少话想同我说说啊，但是，一直没有得到机会……

我要把他们接出来，她不愿意，说是过不来异乡的生活。她也知道同我们没有多的话可讲，而在家乡，可以同别的老太太们念念八仙佛（八个人一桌共同念佛），讲讲家常，热闹些。她叫我回去看看，我总是说，要去的，但终于没有去。我为什么不回去，原因很多，对她，却总是说工作忙。在她，以为我在欺骗，是不会的，但她总觉得莫名其妙。对我这个儿子，她养到我十二三岁以后，就开始莫名其妙了，一直到最后还是莫名其妙。这情形，在做母亲的，是一件无比痛苦的事，所以，她在瞑目以前的一年中，已经神经错乱了！

但是，据家信说，她在弥留之际，却极清醒地说了极达观的话，一句也没有责怪我。这是出于伟大的母爱的原谅，但也是出于伟大的母爱的坚忍！

我不但使她莫名其妙，而且使她对我有一种自卑感，这是我忏悔不尽的地方。

母亲赋予我生命。但这个生命，是在穷困的家庭和黑暗的社会中长大起来的，它像什么一株野生植物，营养的不足，使它畸形地发展，它没有色和香与周围的百卉竞艳，它只长出刺来保护自己——往往在它自身和它所植根的土地受到侵犯的时候，它的刺就紧张起来了。

因此，我在十二三岁的时候，就形成了一种怪僻的性格，这性格使得我连对于父母，也很少说话。父亲对这，是一味地责骂，母亲却只是用了茫然的眼光看我。她看我总是在读书，正正经经地用着功，以为我一定有道理，而这些道理是她所不能懂的。所以，在大大小小的事情上，她对我绝不表示意见，只以整个母亲的心，不得要领地探测着，无能为力地保护着我！

例如，十四岁的时候，我闹起恋爱来了。我的家乡，是同族聚居的，我所爱的是本宗的姑娘。这是非法的，也不会有结果的。母亲知道了这事，有一天，背着人问我：

"人家在说你，你同××姑娘相好呢？……有这事么？……"

我没有作声。母亲等了好一会儿，叹了一口气，走开了。

1926年，闹大革命，我也追随了。第二年4月，国民党清党，在我们县里，要捕捉八个人，我也是其中之一。我逃到了上海，混进一个学校里半工半读地过日子。过了两年，案子冷下去了，我曾偷偷地回家去了一次。母亲见了我，细细地把当时警察去抓人、搜查的情况叙述了一番。她说："那时候，惊吓是不小的，我急得病了一场，不知道你在外面怎么样了。后来接到你的信，说是到了上海，才放了心。他们那时尽要搜你的书，把一间破屋搜遍了。好在我先得了风声，藏过了，如今还在呢！……"说着后面的一句话的时候，她脸上露出骄傲的微笑。接着，她问了一句：

"你如今还在做那种事么？……"

我没有回答。我那时并没有做"那种事"，但是我不愿意讲"我不做了"，她其实不大明白我究竟做的是什么事。等了好一会，母亲只说了一句：

"以后要多多留心！"走开了。

1937年，抗日统一战线实现了。因为叔父去世，我带了妻和儿女回家去。看到了媳妇和儿孙，母亲是幸福极了，天天用我带去的钱请我们吃好的，我再三叫她省俭些，总不听。有一天，邻人对我说，母亲去向人家借钱。我问她，她说：

"有这回事的。你带来的钱用完了，我就暂时借着。你不用管。你走了以后，照样寄钱来，我苦一些，就还清了。你们在家里，总要吃得好一些的。"在这事情上，她固执得很！

有一天，她跟我商量："你是不是可以多卖一些书，积点钱，我们买几间房子？你们总得有几间房子住才好。我和你父亲，就在这间老屋住下去。"她说的"卖书"，指的是我的投稿。

我劝她不要打这主意，说是因为我没有这么多的书卖。我没有讲出我不想回到故乡来住的话，但他们也猜着了，很有点伤心的样子。沉默了好一会，只说了一句：

"对！你的主意是不会错的。"走开了。

当我要回上海的时候，有一晚，母亲以十几年来从未有过的命令口气对我说：

"你，你也对媳妇去说，你们把晔子给我留在身边。我要她，我会养得她好好的。"她流下了眼泪。

我们遵了命，走了。这成了永别的开端，对于母亲，也对于我们的女儿。

我同母亲的关系，就是这样的。

现在想来，其他的一切，是还有可说的，而我在解放以后的不去看看母亲，实在是罪无可赦的事。我倘若回去一次，让她看看我和她的孙儿们，让她同我说说她在战争时期的她的苦难生活，让她听听我在战争时期的新奇经历，那在她，该是一种莫大的幸福，而她的晚年，就会过得很愉快的。在这世界上，我，到底是她最亲切的人啊！寄给她钱让她吃饱，这算什么呢？她是吃惯了苦的。能够见到我的面，能够在精神上占有我——至少一部分，在她，这才是幸福的真谛。但是我，剥夺了她的全部幸福！

在她看来，她这亲生亲养的儿子，她用了整个的心爱了一生的儿子，到底只变成了每月若干元的人民币，这是多么伤心的事啊！

然而，她到死也不忍责备我一句。也许，她的母爱的盲目性，使她真的相信我并没有什么过错吧。通过解放后的许多事实，她知道共产党是干什么的，而她的儿子也是共产党，这一点，也应该是她谅解我的理由。但她对我究竟是莫名其妙的，因之可以想象，她内心的矛盾，该是多么深刻，这是最痛苦，最痛苦的！

我的母亲的一生，就是这样茹苦含辛的一生！

我的不回家去，是有许多正当的理由可以解释的：第一是工作的连续性和紧张性；第二，在解放初期，我怕因为有一个在乡下人看来是"官"的身份，会惹起许多的麻烦；第三，在去年，本来是有四个月的空闲时间，可以回家一趟的，但因不得不同一个本来他就是党员而后来自云又不代表党了的同志打些交道，不得抽身；第四，今年呢，初到新的工作岗位，自然又不好请假。

但是，母亲已经死了，这些理由，没有机会讲了，就是讲，也讲不清楚的。她会相信，但她不会理解。她是一个最普通的村妇！

我这些抱憾无穷的思想，是直到母亲死后才明确起来的。过去，从未细想过，只以为母亲还能活好多年，总有一天可以回去看看，不在乎迟早；这事对她的意义之重大，也未曾揣摩过。现在想明白了，但是已经无可奈何了！

就算我是全心全意在为人民服务吧，但对于人民——而且是最痛苦的劳动人民之一的母亲，给了我生命和全心的爱的母亲，却是这样的漠不关心，在我是轻而易举而在她却是最大的幸福的会面，也不让她如愿。

不受诅咒但我自己是应该检讨的！

只有一件事，我总算遂了她的心愿。前几年，她来信说要预造"寿坟"和"寿材"，征求我的意见。我稍稍考虑了一下，就同意了。我知道，这一件事再不让她满足，她就会死不瞑目了。

人的一生，只在这一件事上得到满足，是极可悲的了，但在我的母亲，这却算是生活在最后实现了它的意义。

这事，在我，是要从另一方面进行检讨的：迁就迷信——但我管不得许多了！

# 三毛：永恒的母亲

我的母亲——缪进兰女士，在十九岁高中毕业那一年，经过相亲，认识了我的父亲。那是发生在上海的事情。当时，中日战争已经开始了。

在一种半文明式的交往下，隔了一年，也就是在母亲二十岁的时候，她放弃了进入沪江大学新闻系就读的机会，下嫁父亲，成为一个妇人。

婚前的母亲是当年一个受着所谓"洋学堂"教育之下长大的当代女性。不但如此，因为生性活泼好动，也是高中篮球校队的一员，她打后卫。

嫁给父亲的第一年，父亲不甘生活在沦陷区里，他暂时与怀着身孕的母亲分别，独自一人远走重庆，在大后方，开始律师的业务。那一年，父亲二十七岁。

等到姐姐在上海出生之后，外祖父母催促母亲到大后方去与父亲团聚。就是那个年纪，一个小妇人怀抱着初生婴儿，离别了父母，也永远离开了那个做女儿的家。

母亲如何在战乱中带着不满周岁的姐姐由上海长途跋涉到

重庆，永远是我们做孩子的百听不厌的故事。我们没有想到过当时的心情以及毅力，只把这一段往事当成好听又刺激的冒险记录来对待。

等到母亲抵达重庆的时候，大伯父大伯母以及堂哥堂姐那属于大房的一家，也搬来了。从那时候开始，母亲不但为人妻，为人母，也同时尝到了居住在一个复杂的大家庭中做人的滋味。

虽然母亲生活在一个没有婆婆的大家庭中，但因为伯母年长很多，"长嫂如母"这四个字，使得一个活泼而年轻的妇人，在长年累月的相处中，一点一滴地磨掉了她的性情和青春。

记忆中，我们这个大家庭，是到了台湾，直到我已经念小学四年级时，才分家的。其实那也谈不上分家，祖宗的财产早已经流失。所谓分家，不过是我们二房离开了大伯父一家人，搬到一幢极小的日式房子里去罢了。

那个新家，只有一张竹做的桌子，几把竹板凳，一张竹做的大床，就是一切了。还记得搬家的那一日，母亲吩咐我们做孩子的各自背上书包，父亲租来一辆板车，放上了我们全家人有限的衣物和棉被，母亲一手抱着小兄，一手帮忙父亲推车，临走时向大伯母微微弯腰，轻声说："缠阮，那我们走了。"

记忆中，我们全家人第一次围坐在竹桌子四周开始在新家吃饭时，母亲的眼神里，多出了那么一丝闪光，虽然吃的只是一锅清水煮面条，而母亲的微笑，即使作为一个很小的孩子，也分享了那份说不出的欢喜。

童年时代，很少看见母亲在大家庭里有过什么表情，她的脸色一向安详，在那安详的背后，总使人感受到那一份巨大的茫然，即使母亲不说也知道，她是不快乐的。

父亲一向是个自律很严的人，在他年轻的时候，我们小孩一直很尊敬他，甚至怕他。这和他的不苟言笑有着极大的关系。然而，父亲却是尽责的，他的慈爱并不明显，可是每当我们孩子打喷嚏，而父亲在另一个房间时，就会传过来一句："是谁？"只要那个孩子应了问话，父亲就会走上来，给一杯热水喝，然后叫我们都去加衣服。对于母亲，父亲亦是如此，淡淡的，不用她多讲什么，即使是母亲的生日，也没见他有过比较热烈的表示。而我明白，父亲和母亲是要好的。我们四个孩子，也是受疼爱的。

许多年过去了，我们四个孩子如同小树一般快速地生长着，在那一段日子里，母亲讲话的声音越来越高昂，好似生命中的光和热，在那个时代的她，才渐渐有了信心和去处。

等我上了大学的时候，对于母亲的存在以及价值，才知道再做一次评价。记得放学回家来，看见总是在厨房里的母亲，突然脱口问道："姆妈，你读过尼采没有？"母亲说没有。又问："那叔本华、康德和萨特呢？还有黑格尔、笛卡儿、齐克果……这些哲人你难道都不晓得？"母亲还是说不晓得。我呆看着她转身而去的背影，一时里感慨不已，觉得母亲居然是这么一个没有学问的女人。我有些发怒，向她喊："那你去读呀！"这句喊叫，被母亲丢向油锅内的炒菜声挡掉了，我回到房间去读书，却听见母亲在叫："吃饭了，今天都是你喜欢的菜。"

又是很多年过去了，当我自己也成了家庭主妇，照着母亲的样式照顾丈夫时，握着那把锅铲，回想到青年时代自己对母亲的不敬，这才升起了补也补不起来的后悔和悲伤。

以前，母亲除了东南亚之外，没有去过其他的国家。八年前，当父亲和母亲排除万难，飞去欧洲探望外子与我的时候，是我的不孝，给了母亲一场心碎的旅行。外子的意外死亡，使得父亲、母亲一夜之间白了头发。更有讽刺意味的是，母女分别了十三年的那一个中秋节，我们却正在埋葬一个亲爱的家人。这万万不是存心伤害父母的行为，却使我今生今世一想起那父母亲的头发，就要泪湿满襟。

出国二十年后的今天，终于再度回到父母的身边来。母亲老了，父亲老了，而我这个做孩子的，不但没有接下母亲的那把锅铲，反而因为杂事太多，间接地麻烦了母亲。虽然这么说，但还是明白，我的归来对父母来说，仍是极大的喜悦。也许，今生带给他们最多眼泪而又最大快乐的孩子就是我了。

母亲的一生，看来平凡，但她是伟大的，在这四十多年与父亲结合的日子里，从来没有看到一次她发怨气的样子，她是一个永远不生气的母亲。这不因为她脆弱，相反的，这是她的坚强。四十多年来，母亲生活在"无我"的意识里，她就如一棵大树，在任何情况的风雨里，护住父亲和我们四个孩子。她从来没有讲过一次爱父亲的话，可是，一旦父亲延迟回家晚餐的时候，母亲总是叫我们孩子先吃，而她自己，硬是饿着，等待父亲的归来。岁岁都是。

母亲的腿上，好似绑着一条无形的带子，那一条带子的长度，只够她在厨房和家中走来走去。大门虽然没有上锁，她心里的爱，却使她甘心情愿把自己锁了一辈子。

我一直怀疑，母亲总认为她爱父亲的深度胜于父亲爱她的程度。我甚至曾经在小时候听过一次母亲的叹息，她说："你们爸爸，是不够爱我的。"也许当时她把我当成一个小不点，才说了这句话。她万万不会想到，就这句话，钉在我心里半生，存在着拔不去的那根钉子的痛。

还是九年前吧，小兄的终身大事终于在一场喜宴里完成了。那一天，父亲当着全部亲朋好友的面以主婚人的立场说话。当全场安静下来的时候，父亲望着他最小的儿子——那个新郎，开始致辞。

父亲要说什么话，母亲事先并不知道。他娓娓动听地说了一番话，感谢亲戚和朋友莅临参加儿子的婚礼。最后，他又话锋一转道："我同时要深深感谢我的妻子，如果不是她，我不能够得到这四个诚诚恳恳、正正当当的孩子；如果不是她，我不能够拥有一个美满的家庭……"

当父亲说到这里时，母亲的眼泪夺眶而出，她站在众人面前，任凭泪水奔流。那时，在场的人全都湿着眼睛，站起来为这篇讲话鼓掌。我相信，母亲一生的辛劳和付出，终于在父亲对她的肯定里，得到了全部的回报和喜极而泣的感触。我猜想在那一刻里，母亲再也没有了爱情的遗憾。而父亲，这个不善表达的人，在一场小儿子的婚礼上，讲尽了他一生所不说的家庭之爱。

这几天，每当我匆匆忙忙由外面赶回家吃晚餐时，总是呆望着母亲那拿了一辈子锅铲的手发呆。就是这一双手，把我们这个家管了起来。就是那条腰围，系上又放下的，没有缺过我们一顿饭菜。就是这一个看上去年华渐逝的妇人，将她的一生一世，毫无怨言，更不求任何回报地交给了父亲和我们这些孩子。

这样来描写我的母亲是万万不够的，母亲在我的心目中，是一位真真实实的守望天使，我只能描述她小小的一部分。就因为是她的缘故，我写不出来。

回想到一生对于母亲的愧疚和爱，回想到当年念大学时看不起母亲不懂哲学书籍的罪过，我恨不能就此在她的面前，向她请求宽恕。我想对她说的话，总也卡在喉咙里讲不出来。想做一些具体的事情回报她，又不知做什么才好。今生唯一的孝顺，好似只有在努力加餐这件事上来讨得母亲的快乐。而我常常在心里暗自悲伤，新来的每一天，并不能使我欢喜，那表示我和父亲、母亲的相聚又减少了一天。想到"孝子爱日"这句话，我虽然不是一个孝子，可是也同样珍惜每一天与父母相聚的时光。

但愿借着这篇文章的刊出，使母亲读到我说不出来的心声。想对母亲说：真正了解人生的人，是她；真正走过那么长路的人，是她；真正经历过那么多沧桑的，也全然用行为解释了爱的人，也是她。

在人生的旅途上，母亲所赋予生命的深度和广度，没有一本哲学书籍能够比她更周全。

母亲啊母亲，我亲爱的姆妈，你也许还不明白自己的伟大，你也许还不知道在你女儿的眼中，在你子女的心里，你是源，是爱，是永恒。

你也是我们终生追寻的道路、真理和生命。

# 梁晓声：母亲养蜗牛

父亲去世后，母亲来北京跟我住。我忙于写作，实在抽不出空陪她。母亲被寂寞所困的情形，令人感到凄楚。

楼上人家赠予母亲几只小蜗牛。那几个小东西，只有小指甲的一半儿大，粉红色，半透明，可爱极了。

母亲非常喜欢这几个小生命，将它们安置在一个漂亮的茶叶盒儿里，还预先垫了潮湿的细沙。母亲似乎又有了需精心照料和养育的儿女了。她经常将那小铁盒儿放在窗台上，盒盖儿敞开一半，让那些小东西晒晒太阳。并且很久很久地守着，怕它们爬到盒子外边爬丢了。它们爱吃菜心儿，母亲便将蔬菜最嫩的部分细细剁碎，撒在盒儿内。

母亲日渐一日地对它们有了特殊的感情。那种感情，是与小生命的一种无言的心灵交流。有时，为了讨母亲欢心，我也停止写作，与母亲共同观赏。

八岁的儿子也对它们产生了浓厚的兴趣："奶奶，它们能长多大啊？"

"能长到你的拳头那么大呢！"

"奶奶，你吃过蜗牛吗？"

"吃？……"

"奶奶，我想吃蜗牛！我还想喝蜗牛汤！我同学就吃过，说可好吃了！"

"可……它们现在还小啊……"

"我等它们长大了再吃。不，我要等它们生出小蜗牛以后再吃，这样我就可以一直有蜗牛吃了。奶奶你说是不是？"

母亲愕然。

我阻止他："不许存这份念头！不许再跟奶奶说这种话！"儿子眨巴眨巴眼睛，受了天大委屈似的，一副要哭的模样。

母亲便说："好，好，等它们长大了，奶奶一定做给你吃。"

从此，母亲观看那些小生命的时候，儿子肯定也凑过去观看。

先是，儿子问它们为什么还没长大，而母亲肯定地回答——它们分明已经长大了。

后来是，儿子确定地说，它们已经长大了，不是长大了一些，而是长大了许多。而母亲总是摇头——根本就没长。

然而，不管母亲和儿子怎么想，怎么说，那些小生命的确是一天天长大着。壳儿开始变黑变硬了，它们的头和柔软的身躯，从背着的"房屋"内探出时，憨态可掬，很有妙趣了。

母亲将它们移入一个大一些的更漂亮的盒子。

"奶奶，它们就是长大了吧？它们再长大一倍，就该吃它们了吧？"

"不行。得长到和你拳头一般儿大。你不是说要等它们生出小蜗牛之后再吃吗？"

"奶奶，我不想等了，现在就要吃，只吃一次，尝尝什么味儿就行了。"

母亲默不作答。

我认为有必要和儿子进行一次严肃的谈话了。趁母亲不在家，我将儿子拉至跟前，对他讲奶奶一生多么地不容易；讲自爷爷去世后，奶奶内心的孤独和寂寞；讲那些小蜗牛对于奶奶的意义……儿子低下头说："爸爸，我明白了，如果我吃了蜗牛，便是吃了奶奶的那一点儿欢悦。"从此，儿子再不盼着吃蜗牛了。

一天晚饭时，母亲端上一盆儿汤，对儿子说："你不是要喝蜗牛汤吗？我给你做了，快喝吧。"我狠狠瞪儿子一眼。儿子辩白："不是我让奶奶做的！"母亲朝我使了个眼色。我困惑地慢呷一口，鲜极了！但那不是蜗牛汤，而是蛤蜊汤。

其实母亲是把那些能够独立生活的蜗牛放了，放于楼下花园里的一棵老树下。她依然每日将菜蔬之最鲜嫩的部分，细细剁碎，撒于那棵树下……

一天，母亲说："我又看到它们了！它们好像认识我似的，往我手上爬。"我望着母亲，见母亲满面异彩。那一刻，我觉得老人们心灵深处情感交流的渴望，令我肃然，令我震颤，令我沉思……

第二辑
——
唯有您在，
我才是孩子

# 许地山：疲倦的母亲

那边一个孩子靠近车窗坐着，远山，近水，一幅一幅，次第嵌入窗户，射到他的眼中。他手画着，口中还咿咿呀呀地，唱些没字曲。

在他身边坐着一个中年妇人，低着头瞌睡。孩子转过脸来，摇了她几下，说："妈妈，你看看，外面那座山很像我家门前的呢。"

母亲举起头来，把眼略睁一睁，没有出声，又支着颊睡去。

过一会儿，孩子又摇她，说："妈妈，不要睡罢，看睡出病来了。你且睁一睁眼看看外面八哥和牛打架呢。"

母亲把眼略略睁开，轻轻打了孩子一下，没有作声，又支着头睡去。

孩子鼓着腮，很不高兴。但过一会儿，他又唱起来了。

"妈妈，听我唱歌罢。"孩子对着她说了，又摇她几下。

母亲带着不喜欢的样子说："你闹什么？我都见过，都听过，都知道了。你不知道我很疲乏，不容我歇一下么？"

　　孩子说："我们是一起出来的，怎么我还顶精神，你就疲乏起来？难道大人不如孩子么？"

　　车还在深林平畴之间穿行着。车中的人，除那孩子和一二个旅客以外，少有不像他母亲那么酣睡的。

# 苏雪林：母亲

　　一个人如其不是白痴，不是天生冷酷无情的怪物，他腔子里总还有爱情的存在。爱情必须有寄托的对象，小孩爱情的对象是父母，少年爱情的对象是情人，中年爱情的对象是儿女或者是学问与事业。老年爱情的对象是什么？我还没有到老年，不大知道。既被人挤出生活的舞台，现实中没有他用武之地，只好把希望寄诸渺茫的未来；而且桑榆暮景，为日无多，身后之计，不能不时萦心曲。那么，老年人爱情的对象也许是神和另外一个世界吧。

　　并非想学舜那样圣人五十而犹孺慕。不过我曾在另一篇文字里说过自己头脑里的松果腺大约出过毛病，所以我的性灵永远不成熟，永远是个孩子。我总想倒在一个人的怀里撒一点娇痴，说几句不负责任的疯话，做几件无意义的令人发笑的嬉戏。我愿意承受一个人对于我疾病的关心，饮食寒暖的注意，真心的抚慰，细意的熨帖，带着爱怜口吻的责备，实心实意为我好处而发的劝规……这样只有一位慈祥恺悌的慈母对于她的孩子能如此，所以我觉得世界上可爱的人除了母亲更无其他，而我爱情的对象除了母亲，也更无第二个了。

在母子爱的方面，我或者可以说没有什么缺憾。母亲未死之前，我总在她怀里打滚过日子。当时许多痴憨的情景，许多甜蜜的时光，于今回忆起来，都如雨后残花，红消香歇。不过旧作诗词里还保存一二，如二十年前所作《灯前》小诗一首：

> 灯前慈母笑，道比去年长。
>
> 底事娇痴态，依然似故常！

又《侍母赴宜城视三弟疾》五古中间一段：

> 行行抵鹊江，西日在嵯峨。
>
> 解装憩逆旅，各各了饥渴。
>
> 投枕烂漫睡，哪知东方白。
>
> 阿娘唤我醒，灯昏眼生缬。
>
> 衣衫为我理，头发为我栉。
>
> 虽长犹孩痴，母笑且麾额。
>
> 融融母子恩，此味甜如蜜。
>
> 我愿长婴娩，终身依母膝。

这些诗句并不如何好，不过每一念着，慈母的声音笑貌仿佛可以追摹，而自己心坎里也会流出一种甜滋滋的味儿，所以我觉得这几句诗还算我旧作里的精华。

自从慈母弃我去后，我这颗心就悬空挂起，无所依傍。幸而我实际上虽然没有母亲，我精神还有一位母亲。这位母亲究竟在哪里，我说不明白，但她的存在，却是无可疑的。她的精灵弥漫整个宇宙里，白云是她的衣衫，蓝天是她的裙幅，窈窕秋星有如她的妙目，弯弯新月便似她的秀眉，夏夜沉黑长空里一闪一闪的电光是她美靥边绽出来的笑。这笑像春日之花，一朵接着一朵，永远开不完。我又在春水里认识她的温柔，阳光中领略她的热爱，磅礴流行的元气里拜倒她伟大的魄力。这位母亲真有点奇怪，她有无量数的孩子，每个孩子都能得她全心的爱情。一个不为人所注意的孩子的痛苦，也能感动她的心使她流下眼泪。一个最渺小最不足齿数的孩子的吁请，也能获得她的允许和帮忙。她的母爱是无穷无尽的，正如浩瀚际天的海洋，每人汲取一勺都能解渴，而且还得着甘露沁心似的凉爽。

我自然是她许多孩子中之一，我却老疑心她对我有所偏私。我在睡梦里，常觉她坐守在我身旁。我病在榻上时，觉得她常以温暖的唇印在我的额上。记得有一回，我不知受了什么大刺激，伤心绝望，至于极端，发狂般倒在床上痛哭。假如那时手边有一条绳，我可以立刻将自己挂在门上。一个人在极忧伤的时候，自己收拾自己是很容易的，是不是？当我痛哭的时候，窗外正刮着大风，树木被打得东歪西倒。远远的一株树上我恍惚看见我死去的母亲向我招手；我又恍惚觉得这不是我的母亲，却是我所说的另外一位。她的白衣放射光芒，她的云发丝丝吹散在长风里，她的双臂交抱在胸前，正如一个母亲想着她孩子受难而无法援救因而心头痛楚的模样。这幻象一刹那间就消失了，但是我的痛苦也随之而消失，而且也从此获得新的做人的勇气。因为我知道冥冥中有一位母亲以她的大爱随时羽翼我，保护我；以她的深情蜜意常常吻我，亲我，拥抱我。

那幻象的显现，说来真太神秘，也许有人疑心我神经有病，白昼做梦，或者故意呕人开心。是的，朋友，假如你相信我真瞧见什么幻象，你先就是个傻瓜。老实告诉你：我那时并非这么看见着，却是这么感觉着，直言之捉住那幻象的不是肉眼，是灵眼。你读过梭罗古勃《未生者之爱》没有？过于丰富的母爱能够在幻觉里看见她未曾诞育的婴孩并且看见他逐日长大；我念念不忘我那慈爱的母亲，在深哀极恸之际，恍惚见她显表，那又有什么奇怪。我深信我的母亲常在我身边，直到我最后的一日。

# 鲁彦：清明

晨光还没有从窗眼里爬进来，我已经钻出被窝坐着，推着熟睡的母亲：

"迟啦，妈，锣声响啦！"

母亲便突然从梦中坐起，揉着睡眼，静默地倾听着。

"没有的！天还没亮呢！"

"好像敲过去啦。"

于是母亲也就不再睡觉，急忙推开窗子，点着灯，煮早饭了。

"嘉溪上坟去啰！……噔噔……五公祀上坟去啰！……"待母亲将饭煮熟，第一次的锣声才真的响了，一路有人叫喊着，从桥头绕向东芭弄。

我打开门，在清白的晨光中，奔跑到埠头边：河边静悄悄的，不见一个人，船还没有来。

正吃早饭，第二次的锣声又响了，敲锣的人依然大声地喊着：

"嘉溪上坟去啰！……噔噔……五公祀上坟去啰！……"

我匆匆忙忙地吃了半碗，便推开碗筷，又跑了出去。这时河边显得忙碌了。三只大船已经靠在埠头，几个大人正在船中戽水，铺竹垫，摆椅凳。岸上围观着许多大人和小孩，含着紧张的神情。我呆木地站着，心在辘辘地跳动。

"慌什么呀！饭没有吃饱，怎么上山呀？快些回去，再吃一碗！"母亲从后面追上来了。

"老早吃饱啦！"

"半碗怎么就饱啦！起码也得吃两碗！回去，回去！"

"吃饱啦就吃饱啦！谁骗你！"我不耐烦地说。

于是母亲喃喃地说着走回家里去了。

埠头边的人愈聚愈多，一部分人看热闹，一部分人是去参加上祖先的坟的。有些人挑羹饭，有些人提纸钱，有些人探问何时出发。喧闹忙乱，仿佛平静的河水搅起了波浪。我静默地等着，心中却像河水似的荡漾着。

"加一件背心吧，冷了会生病的呀！"

我转过头去，母亲又来了，她已经给我拿了一件背心来。

"走起来热煞啦，还要加背心做什么？拿回去吧！"我摇着头，回答说。

"老是不听话！"母亲喃喃地埋怨着，用力把我扯了过去，亲自给我穿上，扣好了扣子。

这时第三次的锣声响了。

"嘉溪上坟去啰！……噔噔……五公祀上坟去啰……船要开啦……船要开啦……"

岸上的人纷纷走到船上，我也就跳上了船头。

"什么要紧呀！"母亲又叫着说了，"船头坐不得的！……船舱里去！……听见吗？"

我只得跳到船头与船舱的中间，坐在插纤竿的旁边。

但是母亲仍不放心，她又在叫喊了：

"坐到船底上去，再进去一点！那里会给纤竿打下河去的呀！"

"不会的！愁什么！"我不快活地瞪着眼睛说。

"真不听话！……阿成叔，烦你照顾照顾这孩子吧！"她对着坐在我身边的阿成叔说。

"那自然，你放心好啦！你回去吧！"

但是母亲仍不放心，站在河边要等着船开走。

这时三只大船里都已坐满了人，放满了东西。还不时有人上下，船在微微地左右倾侧着。

"天会落雨呢！"

"不会的！"

"我已带了雨伞。"

"我连木屐也带上了。"

船上忽然有些人这样说了起来。我抬头望着天上，天色略带一点阴沉，云在空中缓慢地移动着，远远的东边映照着山后的阳光。

"开船啦！开船啦！……"这是最后一次的锣声了，敲锣的接着走上我们这只最后开的船，摇船的开始解缆了。

我往岸上望去，母亲已经不在岸上，不知什么时候走的。我喜欢坐在船头上，这时便又扶着船边，从人丛中向前挤了两三步。

"不要动！不要动！会掉下水里去！"阿成叔叫着，但他已经迟了。

"好吧，好吧！以后可再不要动啦！"摇船的把船撑开岸，叫着说。

"你这孩子好大胆！……再不要动啦！"我身边一个祖公辈的责备似的说了，"你看，你妈又来了呢！"

我把眼光转到岸上，母亲果然又来了。她左手挟着一柄纸伞，摇着右手，叫着摇船的人，慌急地移动着脚步。一颠一簸，好像立刻要栽倒似的追扑了过来。

"船慢点开！……阿连叔！……还有一把伞给小孩！……"

但这时船已驶到河的中心，在岸上拉纤的已经弯着背跑着，船已咽咽咽地破浪前进了。

"算啦！算啦！不会下雨的！"摇船的阿连叔一面用力扳着橹，一面大声地回答着。

母亲着慌了，她愈加急促地沿着船行的方向奔跑起来，一路摇着手，叫着："要落雨的呀！……拉纤的是谁！……慢点走哪！"

我在船上望见她跟跄得快跌倒了。着了急，忽然站了起来，用力踢着船沿。船突然倾侧几下，满船的人慌了，这才大家齐声地大喊，阻住了拉纤的人。

"交给我吧，到了桥边会递给他的。"一个拉纤的跑回来，向母亲接了伞，显出不快活的神情。

这时母亲已跑到和船相并的地方站住了。我看见她一脸通红，额上像滴着汗珠，喘着气。

"真是多事，哪里会落雨！落了雨又有什么要紧！"我暗暗地埋怨着，又大声叫着说，"回去吧，妈！"

"好回去啦！好回去啦！"船上的人也叫着，都显出不很高兴的神情。

船又开着走了。母亲还站在那里望着，一直到船转了弯。

两岸的绿草渐渐多了起来，岸上的屋子渐渐少了。河水平静而且碧绿，只在船头下咽咽地响着，在船的两边翻起了轻快的分水波浪。船朝着拉纤的方向倾侧着。一根直的竹做的纤竿这时已成了弓形，不时发出格格的声音，顶上拴着的纤绳时时颤动着，一松一紧地拖住了岸上三个将要前仆的人的背。摇槽的人侧着槽推着扳着，船尾发出噼啪的声音。有些地方大树挡住了纤路，或者船在十字河口须转方向，拉纤的人便收了纤绳，跳到船上。摇槽的人开始用船尾的大槽拨动着水，船像摇篮似的左右荡漾着慢慢前进。

一湾又一湾，一村又一村，嘉溪山渐渐近了，最先走过狮子似的山外的小山，随后从山峡中驶了进去。这里的河面反而特别宽了，水流急了起来，浅滩中露着一堆堆的沙石。我们的船一直驶到河道的尽头，船头冲上了沙滩，现在船上的人全上岸了。我和几个十几岁的同伴早已在船上脱了鞋袜，卷起了裤脚，不走山路，却从沁人的清凉的溪水里走向山上去，一面叫着跳着，像是笼里逃出来的小鸟。

祖先的故墓是在山麓的上部，那里生满了松树和柏树。我们几个孩子先在树林中跑了几个圈子，听见爆竹和锣声，才到坟前拜了一拜，拿了一支竹签，好带回家里去换点心。随后跑向松树林中，爬了上去采松花，装满了衣袋，兜满了前襟。听见爆竹和锣声又一直奔下山坡，到庄家那里去吃午饭，这时肚子特别饿了，跑到庄前就远远地闻到了午饭的香气。我平常最爱吃的是毛笋烤咸菜，这时桌上最多的正是这一样菜，便站在长桌旁，挤在大人们的身边，开始吃了起来。饭虽然粗硬，菜虽然冷，却觉得特别的有味，一连吃了三大粗碗饭。筷子一丢，又往附近去跑了。隆重的热闹的扫墓典礼，我只到坟边学样地拜了一拜，我的目的却在游玩。但也并不知道游玩，只觉得自由快乐，到处乱跑着。

　　回家的锣声又响时，果然落雨了。它像雾一样，细细地袭了过来。我挟着雨伞，并不使用，披着一身细雨，踏着溪流，欢乐地回到了泊船的河滩上。

　　清明节就是这样地完了。它在我是一个最欢乐的季节。

# 柔石：怪母亲

六十年的风吹，六十年的雨打，她的头发白了，她的脸孔皱了。

她——我们这位老母亲，辛勤艰苦了六十年，谁说不应该给她做一次热闹的寿日。四个儿子孝敬她，在半月以前。

现在，这究竟为什么呢？她病了，唉，她自己寻出病了。一天不吃饭，两天不吃饭，第三天稀稀地吃半碗粥。懒懒地睡在床上，濡濡地流出泪来，她要慢慢地饿死她自己了。

四个儿子急忙地，四个媳妇惊愕地，可是各人低着头，垂着手，走进房内，又走出房外。医生来了，一个，两个，三个，都是按着脉搏，问过症候，异口同声这么说："没有病，没有病。"

可是老母亲一天一天地更瘦了——一天一天地少吃东西，一天一天地悲伤起来。

大儿子流泪地站在她床前，简直对断气的人一般说："妈妈，你为什么呢？我对你有错处吗？我妻对你有错处么？你打我几下吧！你骂她一顿吧！妈妈，你为什么要饿着不吃饭，病倒你自己呢？"

老母亲摇摇头，低声说："儿呀，不是，你俩是我满意的一对。可是我自己不愿活了，活到无可如何处，儿呀，我只有希望死了！"

"那么，"儿说，"你不吃东西，叫我们怎样安心呢？"

"是，我已吃过多年了。"

大儿子没有别的话，仍悲哀地走出房门，忙着去请医生。

可是老母亲的病一天一天地厉害了，已经不能起床了。

第二个儿子哭泣地站在她床前，求她的宽恕，说道："妈妈，你这样，我们的罪孽深重了！你养了我们四兄弟，我们都被养大了。现在，你要饿死你自己，不是我和妻等对你不好，你会这样么？但你送我到监狱去吧！送我妻回娘家去吧！你仍吃饭，减轻我们的罪孽！"

老母亲无力地摇摇头，眼也无光地眨一眨，表示不以为然，说："不是，不是，儿呀，我有你俩，我是可以瞑目了！病是我自己找到的，我不愿吃东西！我只有等待死了！"

"那么，"儿说，"你为什么不愿吃东西呢？告诉我们这理由吧。"

"是，但我不能告诉的，因为我老了！"

第二个儿子没有别的话，揩着眼泪走出门，仍忙着去请医生。

可是老母亲已经气息奄奄了。

第三个儿子跪在她床前，几乎泣不成声地说："妈妈，告诉我们这理由吧！使我们忏悔吧！连弟弟也结了婚，正是你老该享福的时候。你劳苦了六十年，不该再享受四十年的快乐么？你百岁归天，我们是愿意的，现在，你要饿死你自己，叫我们怎么忍受呢？妈妈，告诉我们这理由，使我们忏悔吧！"

老母亲微微地摇一摇头，极轻地说："不是，儿呀，我是要找你们的爸爸去的。"

于是第三个儿子嗬嗬大哭了。

"儿呀，你为什么哭呢？"

"我也想到死了几十年的爸爸了。"

"你为什么想他呢？"

儿哀咽着说："爸爸活了几十年，是毫无办法地离我们去了！留一个妈妈给我们，又苦得几十年，现在偏要这样，所以我哭了！"

老母亲伸出她枯枝似的手，摸一摸她三儿的头发，苦笑说："你无用哭，我还不会就死的。"

第三个儿子待着没有别的话；一时，又走出门，忙着去请医生。可是医生个个推辞说："没有病，就算有病也不能医了。这是你们的奇怪母亲，我们的药无用的。"

四个儿子没有办法，大家团坐着愁起来，好像筹备殡事一样。于是第四个儿子慢慢走到她床前，许久许久，向他垂死的老母叫："妈妈！"

"什么？"她似乎这样问。

"也带我去见爸爸吧！"

"为什么？"她稍稍吃惊的样子。

"我活了十九岁，还没有见过爸爸呢！"

"可是你已有妻了！"她声音极低微地说。

"妻能使妈妈回复健康么？我不要妻了。"

"你错误，不要说这呆话吧。"她摇头不清楚地说。

"那妈妈究竟为什么，妈妈要自己饿死去找爸爸呢？"

"没有办法。"她微微叹息了一声。

第四个儿子发呆了，一时，又叫："妈妈！"

"什么？"她又似这样问。

"没有一点办法了么？假如爸爸知道，他也愿你这样饿死去找他么？"

老母亲沉思了一下，轻轻说："方法是有的。"

"有方法？"

第四个儿子大惊了。简直似跳地跑出房外，一齐叫了他的三个哥哥来。在他三个哥哥的后面还跟着他的三位嫂嫂和他妻，个个手脚失措一般。

"妈妈，快说吧，你要我们怎样才肯吃饭呢？"

"你们肯做么？"她苦笑地轻轻地问。

"无论怎样都肯做，卖了身子都愿意！"个个勇敢地答。

老母亲又沉想了一息，眼向他们八人望了一圈，他们围绕在她前面。

她说："还让我这样死去吧！让我死去去找你们的爸爸吧！"

一边，她两眶涸池似的眼，充上泪了。

儿媳们一齐哀泣起来。

第四个儿子逼近她母亲问道："妈妈没有对我说还有方

法么？"

"实在有的，儿呀。"

"那么，妈妈说罢！"

"让我死在你们四人的手里好些。"

"不能说的吗？妈妈，你忘记我们是你的儿子了！你竟一点也不爱我们，使我们的终身，带着你临死未说出来的镣链么？"

老母亲闭着眼又沉思了一忽，说："那先给我喝一口水罢。"

四位媳妇急忙用炉边的参汤，提在她的口边。

"你们记着罢，"老母亲说了，"孤独是人生最悲哀的！年少时，我虽早死了你们的爸爸，可是仍留你们，我抚养，我教导，我是不感到寂寞的。以后，你们一个娶妻了，又一个娶妻了；到四儿结婚的时候，我虽表面快乐——去年底非常的快乐，而我心，谁知道难受到怎样呢？娶进了一位媳妇，就夺去了我的一个亲吻；我想到你们都有了妻以后的自己的孤独，寂寞将使我如何度日呀！而你们终究都成对了，一对一对在我眼前；你们也毋庸讳言，有了妻以后的人的笑声，对母亲是假的，对妻是真的。因此，我勉强地做过了六十岁的生辰，光耀过自己的脸孔，我决计自求永诀了！此后的活是累赘的、剩余的，也无聊的，你们知道。"

四个儿子与四位媳妇默然了。个个低下头，屏着呼吸，没有声响。

老母亲接着说："现在，你们想救我么？方法就在这里了。"

各人的眼都关照着各人自己的妻或夫，似要看她或他说出什么话。

十九岁的第四个儿子正要喊出"那让我妻回娘家去吧！"而老母亲却先开口了："呆子们，听罢，你们快给我去找一个丈夫来，我要转嫁了！你们既如此爱你们的妈妈，那照我这一条方法救我吧，我要转嫁了。"稍稍停一忽，"假如你们认为不可，那就让我去找你们已死的父亲去吧！没有别的话了……"

六十年的风吹，六十年的雨打；她的头发白了，她的脸孔皱了！

# 楼适夷：受难的一生——纪念我的母亲

清晨，一炷香、一盂粥、一碟糖，供在母亲的遗像前。晨光朦胧中，香烟缭绕上升；一对怨寂的眼睛，默默地凝视着我。我明明知道母亲再也不能享用我的供奉了，但更有什么方法表示我对于母亲的记忆呢？

自从眼看着母亲在我的怀抱中，像灯火似的渐渐熄灭下去，身体的温度一点点地降落，喉头的喘息一点点地急促，以至陡然呼出了最后一口气，离今日已经七天了。七天来我好似陷身在迷茫的云雾中，只觉得母亲与我渐离渐远，只觉得我的四周愈来愈寂，而我自己是完全遗弃了。

我害怕看见母亲痛苦的容颜，我害怕听闻母亲惨痛的呻吟，但现在我连这样的容颜、这样的呻吟也不能再见到听到了，深深印在我脑子里的只有一张苍白、枯瘦、双目长瞑、口唇微启、额上披下几缕花白发丝的默默无言的遗容。而残忍的人们，却已拿厚重的木板，把她从我的眼前，硬生生地隔开了。

母亲，在你弥留的二十四小时之中，我伏在你的床边，深深注视着你，你的口唇已不能活动，两眼已不能开启，却还时时看见你唇边升起悲苦的痉挛，眼角渗下微细的泪珠。你虽然不能说话，我知道你还是在惦念着我，惦念着你一生中交付给世间的唯一的人。是的，我已经活到中年，但我还只是一个孩子，一个与这世界格格不入而需人扶持的孩子。但是全世界只有你一个，了解我，原谅我，扶持我，永远当我是一个孩子。而现在，何处去找寻第二个人呢？我已被迫走入一个陌生的、无谅解的、狰狞可怕的人群中，开始去经历完全孤零的生活了。

母亲，你久为病苦折磨，有时不忍见你病中惨痛的情况，我也曾暗暗祝祷，愿你早日解脱，但一旦你真的蜕然而去，我方明白死是比病更惨痛的。纵使你睡在床上也好，虽然我的力量不能使你有完备的医药，使你有充裕的甘旨，但我总还余留着一星希望，希望有一天你会从我的手中得到片刻的安舒，补报我半生给你的忧患，而现在连这一星希望也消失无余了。世间有比希望的消失更可悲痛的么？

然而更可悲的是我想到你的一生，你的受难的一生。你受尽旧社会压迫下一切女子所受的苦难，而你更为你自己的正直和热情所苦。你这种正直和热情是完全传授给我了，我这半生就正为着正直和热情所苦，因此我最明白因正直和热情所受的苦难。

当你十九岁嫁给我父亲的时候，刚和第一个妻子离婚不久的父亲，结核症已到了相当的深度，除了在家庭中默默地操作，你始终为父亲的疾病忧劳。二十三年夫妇生活中没有一天安心的日子。再加大家庭中姑嫜严厉的压抑，妯娌的挑拨倾轧，更使你有置身无地的感觉。那时候我的外家正值式微，你在家庭中的地位也因之低落。有一次，大舅父私下向你求助，你偷偷地拔下自己的金钗给他，以后他没有还来，被家人发觉了，父亲迫你立刻去索还，如果不将金钗取回，叫你不必归家。你走到外家不但取不到金钗，反而受了一顿抢白，我的外祖母卫护自己的儿子说："我没有生你这样一个势利的女儿。以后你不用再到娘家来了。"

那时候你进退无路，欲哭无泪，走到桥边便想跃身投水，忽然想起襁褓中的儿女，才绝了死志，忍辱回家。从此与母家断绝了多年的往还。这件事你从未向我露口，我还是从妻的口中才知道的，妻也是从旁人处听来。我只记得在十岁左右的时候，有一天你叫我穿了新衣，差佣妇陪我到一向未绝往还的从舅父家中，由从表姐陪我到外祖母的家里去。那时我才知道我有自己嫡亲的外家。但你与母家相隔已快十年了。看你一生纯笃的天性，以后与舅父辈友爱的挚情，对侄男女关心的态度，就可以想象这近十年的隔别，对你是怎样的痛苦了。

我父亲在沪经商，有时因商务关系，远走北地，在我少年时代的记忆中，你总是一个人孤零零地留守家中，养育儿女，耽念远人。父亲很少回家，回家一次，仍和做客一般，匆匆即走了。有一个初秋，父亲刚刚动身出门，入夜天气骤变，飓风大作，你担心正在海轮上的父亲，彻夜不眠，含泪求神，并叫我同声祈祷。直过了五六天，接获家书，才得安心。有时父亲离沪远行，你便茫茫如有所失，直待得到来信知道已回上海，才面有喜色。父亲又多病，二十余岁以后，半在病中生活，尤其到了冬令，支气管发炎，哮喘咳嗽，景象惨苦。你总是废寝忘餐，日夜护持，直到最后一次病倒上海，你仓皇奔视，看看势已垂危，彷徨无策，夜深无人，竟至割股以进（这到了后来见了你的瘢痕才知道），而父亲终于不起。四十一岁的你，便开始了孤寂的孀居生涯。

在父亲客死之前数日，留在家里的弟弟，因照料疏失，染疫而亡。你往来奔波，遂亦感疫病倒，那时候我也得病垂危，与你同住在闸北公立医院中，不敢与你见面，因你还不知道父亲已死，而我则身穿丧服了。病后返乡，家中四岁的幼妹，忽又暴卒，与父弟之死，相去仅隔匝月。而在此不久之前，我的一位自幼罹羊痫风的姐姐，又刚刚逝世。在一短时期中，一家人丧亡四口，一宅空空洞洞的房子中，只剩下了孤零零相依为命的母子二人。你的伤痛实非常人所能想象，日夜恸哭，时时昏厥。这时如没有留下奄奄弱息的我，你一定早随父亲于地下了。然而留余的我，又能给你多少安慰呢。

母亲，在你孀居的二十四年之中，你又遭受痼疾与顽儿的两种苦难。我记得你第一次的卧疾，离今已三十三年。那时候正当祖母逝世，你也病倒床上，周身浮肿，无人顾视，口舌无味，胸头作恶，枕边常置醋一瓶，时时啜饮。我的伯母、你的大妯娌还在父亲面前恶意进谗，说你的病是故意假装出来的。父亲因母丧昏迷，竟然轻信。记得祖母治丧的时候，你扶病而起，走过父亲面前，双足战栗，摇摇欲倒，父亲竟怒目以足蹴你。时我尚在蒙龄，大为不平，挺然而前，护住了你，怒目视父，至今如在目前。

过了八九年，你又第二次大病，父亲不在家里，伯母迫我打开衣箱，给你拣取殓衣，我痛哭失声，双手战栗，不能动弹，坚谓你必不致死，而你果不死。但自经父死的丧乱，你的病根已深，几乎每年不间断地病倒，一病每至半载。你的病是肾脏炎，便中有蛋白质，每病全身水肿，不能动作，又常长期淡食，情况之苦，惨不忍言。平时偶有不舒，头目便浮肿起来。这样地延续到生命的终息，只有很短的一个时期，稍稍健康。

你的健康时期其实也不是真正的健康，只因在我身上发生了事故，将全心全力灌注到我的身上，便把自己的疾病暂时忘却了。我在父亲死后，失掉了严厉的羁束，知识初长，思想骤变。起初为着盛旺的求知欲，不愿继承父亲的事业，弃商求学。接连着跟随时势的动荡，对政治社会问题，发生了剧烈的冲动，完全将家庭抛在脑后，投身在时代的激流中。你涕泣阻挡，全然无效，便只好暗暗祝祷时势的转变，使我可以完成志愿。但时势虽在剧变，离去你儿子的理想依然遥远。你担心我逼身的危险，也不顾家庭的力量已渐渐薄弱，毅然送我出国留学。出国回来，我不但依然不能对你有丝毫的安慰，反而因经济对家庭无所依赖，专心致志从事于社会活动去了。第一次"一·二八"上海战事发生的时候，你冒着风雪与炮火从故乡出来寻找失踪的儿子，那时我正在闸北的战场上奔走，虽然听到了消息，竟害怕受感情的羁縻，避不见面，任你失望而归。

如是不相问闻地又经过了一年多，你自己一个人孤守家中，送妻子来和我同居，又恐我生活不能支持，暗地津贴我的妻子。漂泊已久的游子，开始体味家的温情，突然又发生了剧变，我陷入在恐怖的魔手中了。在阴暗的血腥味的房子里，我煎熬着自己的生命，一天一天、一月一月地与死的威胁利诱搏斗。在一切隔绝中你突然到来看我，与你同来的正是我的生命在他掌握中的人。你哭着对我说，只要我允许悔悟，便可以立刻跟你回去。一张纸，一支笔，一个痛哭催促的你，迫我在纸上写几行字，只要几行。我几次想握起笔来，几次缩住了手。最后终于忍着创痛的心，坚决地拒绝了，看你痛哭而去。我对你又是多么的残忍啊。但在后来，你不但没有怨我，似乎反而隐隐地喜爱我的倔强。

在生命的边缘，经过了八个月的彷徨，我再被投入更暗更深的沉渊之中。死一般的岁月，跨着笨重的步子，慢慢地过去。母亲，你一次又一次地跑着几千里路，远远地来探望我。母亲，我不能忘记你第一次看见穿囚衣的儿子时脸上悲痛的抽搐，我不能忘记你问我刑期时声喉的战栗。那时候我所给你的，只有强颜微笑的空虚的安慰啊。

四年的岁月过去了，由于你始终不断地奔走营救，我终于得战胜残酷的决定，重见天日。随着你同行归家的一天，是我一生中永远忘不了的一天，也是你生平最快慰最幸福的一天。当我听人告诉我外边的情势时，我心中怆痛，悲愤欲绝，那时我告诉你："母亲，现在我是你的了。"

但是母亲，你又岂料炮火远远地响起来，召去了你的孩子，你哭泣，你沉默，你婉劝硬阻，均阻碍不了我未死的雄心，我又匆匆抛弃了你，投奔万里去了。经过又一长期的奔驰，直到炮火迫我必须走得更远更久的时候，我才想起了你而鸟倦知返了。那时候，母亲你们在故乡已不得安居，开始了避难的生活，而我还舍不得自己的事业，不愿回来看一看你，一直到你率领了一家老小，自己投奔出来，才尝到了二十多年所梦想不到的长期的团聚，而生活的迫难就可怕地到来了。在爱好舒逸的晚年中，我没有伴你好好地玩过一天，没有请你满足地吃过一顿。忙着我自己的工作，你爱走动亲友，我也任你颤巍巍地跳上拥挤的电车，晚上孤零零地回来，没曾陪伴过你一天。尤其当最小的孩子出生之后，因为妻的忙碌，你重新理起抛了几十年的针线，戴着远光眼镜，日夜给孙儿们缝制衣服。而你老年的物质欲望，不单我没有一件给你满足，你甚至总是顾惜我的负担，不肯向我启齿。现在我一一地都记起来了，我又从何补报呀？

母亲你对于外人也跟对家人一般地热情忘我，常常不顾自己的能力，想对人有所助力。因此在力不能及的时候反而招致他人的怨望。你的胸头又没有丝毫的城府，将他人的假意当作真情，信任他人和信任自己一般，一旦偶然发觉他人的虚假，你的伤心是多么悲惨啊。就在你逝世的三年之前，偶然听见亲戚家一个佣妇的传言，知道你生平最相信的人，也在背后对你有了伤残。从此你就悲哀地病倒了。接连着听见老家被人洗劫一空，这对你又加上了一重摧折，不管我如何慰解你，你总再也想不开来。从此眼看你老树一般渐渐枯萎下去，再见不到你蓬勃的气概了。又接连着因局势再度剧变，我的工作完全停顿，老家所能津贴的能力已经枯竭，无法支持寓居的生活，一家人在混乱的旅途中狼狈而归。这又使你的身心更一度遭受多么剧烈的残伤。在旅行中途，一家人在旅馆停顿的时候，我见你从来未有的衰颓的神情，不管故乡已只有几小时的行程，原是那么急性的你，却再也提不起步子，要我多住了一天旅馆。回家不及二年之中，你的衰态只是一天比一天地显著，我只陪你到近城的亲戚家走了一次，从此喜欢走动的你便不能再踏出门口，甚至连自己家中的楼上也没有去过一次。但是家中偶有事故，你便又整刷起来忘却了自己的衰弱，去年春间家中又一度遭劫，为了劫案一次次被宪兵传询，你都亲自扶杖而去。到了秋天伯父亡故的时候，你又一度振奋，跑去料理丧事，病苦霍然如失。你如何知道，相隔数月，你自己也就病倒，而且一病不起了。

　　这九个月的病榻生活，我从来没有见过疾病是这样惨苦的。从感冒引起支气管炎，你整日整夜咳嗽，任何医药都不能使痛苦稍稍轻松。去岁冬尽已入奄奄一息的状态，那时我在枕边陪伴着你，你第一次感到生命的终尽，告诉我你一生的苦难，你又说你留下这一群儿孙虽死无憾。你又安慰我不要为你的后事忧急，丧葬的费用你自己已经准备好了。但你的生命是坚韧的，一到春天你暂时地好了起来，到三月间变成剧烈的哮喘，彻夜不能安枕，伏在小木凳上，一声声发出惨厉的喘息，日夜不息。面孔又虚浮起来，周身发着疼痛。陪在床边看你受罪，恨不得以身相代。这样地又经过许久的变化，你渐渐能够起来了。因外间亲友的催促，不得已伴了你六个月之后，我又重新出外。谁知我一离开，你的病又转剧了，周身肿胀后又转成泄泻。家人几度惶急，想叫我回家，终于挨过了二月才打电报给我。当我仓皇归来的时候，见你还奄卧床上，默默地等待着我，我是多么的安慰啊。十余年奔走无定，常所耽念的是老母多病，恐不及视其临终，而现在你终于得最后见我一面。但是经过泄泻之后，你已瘦得没有人形，两眼可怕的深大，胸腹完全陷落，四肢细如枯柴。你见了我突然号哭起来，我的泪也禁不住簌簌地滴落下来。

日日夜夜地看着你煎熬着生命的膏液，听你因久卧而遍身痛楚的惨呼，更有什么方法从死神的手里夺回我的母亲呢？眼看着你燃尽生命之火，溘然撒手而去，六十四年悲苦的行程完尽了。

母亲，你的遗爱人人是多么深啊，连服侍你的佣妇，也哭得那么伤心，连我三岁的幼子，在你盖棺的时候，也大哭大闹地坚决不许别人将他的祖母放在棺内。而你对我的爱更是多么伟大啊。弟、妹亡故而后，我和亲友恐你过于寂寞，苦苦劝你收养一个女孩子以慰晚境，你恐分了对我的爱，坚执不允。你在三年前将家务交给我的妻子以后，连自己所有积蓄也全部交出来贴补了家用，临终后检视你的遗物，除了几件旧衣以外，竟已一无私藏。年来因主计的困厄，我又熬贫不肯屈节，使一家享用，变得极度的刻苦。你也宁使含辛茹苦，永远原谅我高傲的脾气，从不跟他人一般，劝我稍稍低头。你一生所有较优的享用，直到饬终之物，都得自父亲的遗留；从我所得到的，却只有你一生中从未熬过的清贫。母亲，你为什么最后对我说一句话：

"我害了你！"

是不是你以为我这二年来停止奔波，变心苦守，不愿离开家人，是为了你的衰老？但这并非是全部的原因。因为我已经觉得我有自己的道路，不一定要追随他人。你是用不到为我歉疚的。只有我是真正地伤害了你，而且无可补救了。

虽然我相信一切世俗的仪式是虚妄的，但这些仪式可以宣泄我胸头的哀思，我便完全不反对妻和亲友们的铺张，一一守制如仪了。虽然我至今还是无神论者，相信一切神都是由人创造出来的，但因你平生笃信佛法，我只有从你所信仰的释氏的教义中，找求我对你所能尽的怀忆。夏丏尊先生来信说：

"万一病真不起，能于佛声中安逝，亦孝道之大者也。"

回思平生，拂逆亲心，无可追补，便只有在你临终的刹那间，请人在旁大声念佛，自己也伏在你的耳边，高宣佛号，使你在鱼磬佛号声中，安然逝去。见你咽息而后，面色温蔼，神态安详，左手举至胸前作拈念珠之状，似乎你心中也有无限的熨帖，便是我对你最后的安慰了。

你自我遭厄，即开始持斋，十余年来，屡劝不懈。病中思食，又屡请开戒，亦决然固拒。我虽不明杀生之戒，但见你病中惨痛景况，突然发念茹素，而现在，每晨醒来，彷徨无可自遭，竟念起《阿弥陀经》来了。此经描摹西方极乐国土，庄严华丽，如入其境。如果真有如是世界，我相信一生中为正直与热情而饱历苦难的我的母亲，现在正应该往生到那样的乐国去了。

# 萧军：母亲

母亲生下我七个月就死去了！她是被父亲一次残酷的鞭挞之后吞食鸦片自杀而死的。听说她那时只有十九岁或者二十一岁。

"你长大干什么呀？"

"给妈妈报仇啊！"

"你知道你妈妈是怎样死的吗？"

"吸大烟死的。"

在我刚刚有了记忆，邻人们常常玩笑般地引逗我说。听了我的回答，他们和她们似乎有了某一种满足，就要哈哈大笑一场。我不懂得那时候我的小小的心灵是痛苦？是悲哀？我也不知道"给妈妈报仇啊！"是什么人教给我的，还是自己想出来的。但终于被父亲听到了。一次，他把我扯到他的面前，眼睛是那样锋利而残酷地盯着我的脸说：

"这话是谁教给你的呀？"

"我自己！"

"以后再不准这样说，再说，我就打死你这小坏种，你不是我的儿子！"

父亲真的当人宣布了他不喜欢我，他不稀罕我这儿子了。可是我并不为了他这恫吓而改变了自己的主张。如果有人问我：

"你长大干什么呀？"

"给妈妈报仇啊！"我依然是这般回答着。因为在我那时的观念中，不独"母亲"这两个字和意义对于我是无关的，"父亲"这两个字和意义对于我更是无关的。我愿意见到任何人，却不愿见到他，不管他对我是偶然的爱抚或亲近，我却永远惧恐和憎恶他。甚至我一听到他的声音，就像由春天一下子跌进秋天，我要逃跑啊！我不愿见到他！永远也不愿见到他啊！那时候我唯一快乐的窝，是像一只小鸡雏似的永远跟随在祖母或祖父以及五姑姑的身旁。（我祝福这二老死去的灵魂安定！我将来还愿回到故乡能见到五姑姑一面。）

妈妈长得什么样呢？我不知道。因为她并没有照相或画像留下来，只是偶尔从邻人或者和她有关的亲属以及姊妹们那里，听到一些零零碎碎关于她的描写：

"这孩子的眉毛和嘴有点像他妈，眼睛却不像了。他妈妈是一双长睫毛大眼睛，又黑又亮，眉毛和头发绷得像墨染过一样，这孩子的鼻子和眼睛却像他那丑爹。"

父亲是生有一双单眼皮近乎三角形棕色的小眼睛，一条直鼻子。我如今从镜子里看起来，自己也确实像父亲当年我现在这般年龄时的样子了。只是我的眼尾比他吊些，颧骨比他高些，额骨也比他扩大些，他是近乎三角形的脸，我则是长方形。

母亲太早的家族我不清楚，只知道是个官宦人家。她的祖父姓顾，外号"顾庆老爷"，曾做过前清时义州城的"四门提督"，如今，义州城东大约还有她家的坟茔。我的外祖父曾读过书，做过"师爷"之类，后来得疯病死了，临终时曾嘱咐过要把女儿嫁给平民人家，所以才能嫁到我们家。

记得，当我八九岁的时候，因为家里破产了，随着祖父逃债外乡，从蒙古回来，曾在外祖父家住了一夜。我的一个舅父还在，当时大约有三十多岁，身材不太高，如今我已记不清他的面貌，那时候他已经沦为小商人，做"货郎担"了。我也还记得那宏大的城堡似的院墙，庙宇似的房屋，但已卖给了别人，他自己只留下三间小屋住着。有一个高身材长得很美丽的续弦舅母，两个表姊妹，她们对我全很亲切。

早晨，舅父送我们启程，走了一里又一里，已经快接近义州城了，在一片有围墙的大坟场近旁他才停止住，从怀里掏出一串用红绳串着的铜钱来，交给祖父说："给孩子在路上买点什么吃吧！"他的声音哽咽住了。

"你妹妹留下的只有这条根了！"祖父指着骑在驴背上的我说。

"愿你们好好把他教养成人吧！"舅父开始哭了。

我和祖父已经走得很远，我回头看他还站在那里。后来祖父告诉我，那片坟场就是顾家的坟场。松柏树木虽然还很森严，垣墙却已经有些荒凉残破了。因此，我家虽然是平民，一般人却很以为有那样的外祖父家为骄傲。他们称赞我有好根源，将来必有一番发达。更是那位曾为我父母做媒的红眼边，我叫他做姨夫爷的杨广元，每次我到他家，总要把我外祖父的门阀和光荣给我述说一番，这使我全感到一种羞惭，不愿到他家去了。

可是我那瞎了眼睛的姨姥娘（她和我外祖母是两姊妹），却真正关心我。每当我到她家去，总要把我叫到她身边，摸着我的脑袋、鼻子和眼睛。说着，由欢喜到流泪，说着妈妈的长相、脾气、家世，一直说到她的死。

"……那是腊月二十三过小年的日子啊！头一天晚间我们这里杀猪，请她来吃血肠，抱着你，欢欢喜喜地来了，谁知道第二天早晨就……就听到这凶讯啊！"她每次总要流泪一番，虽然她的眼泪并不多。但她却从来对我父亲没有说过抱怨的话，对于我祖父和祖母以及家人，却有着不满，她认为他们太逼迫她。一直到我入了"军官学校"暑假回家去看她，她也还是那样摸着脑袋和眼睛……说着，哭着：

"如今你长大了啊！好好出息一番，也不枉你妈妈生你一场，——你为她上过坟了吗？"

"上过了。"

我虽然从小就不大相信鬼神，但是每次回家，还是要为妈妈烧一次纸钱。我也从来没有像姐姐在妈妈坟前那样痛哭过或流过一滴泪，只是感到一种空漠漠的哀愁，觉得自己在这人间是空旷而孤独的，和谁也没有关联。当我坐在坟边石头上，看着那由急速而渐渐缓慢燃烧着的纸箔，看着那轻轻飘飞去的灰片，我也曾幻想过"阴间"，也曾幻想过妈妈会从坟墓里笑着走出来，领着我回家去，从此，我也和其他的孩子们一样，有"妈妈"可叫了！

因为妈妈是"横死"的，她便不能葬入正式的祖坟。我们是村中的大族，坟场也是大的。它位置在村后一带山冈中间，没有高大成材的树木，除开一些黑色岩石而外，再就是生满荆条和灌木，在夏天它们就开放一些带有香味的紫色小花。

妈妈的坟，是被安置在祖坟场外边右前方一处小山丘上，因为死的季节是冬天，土地冻凝得像石头，刨掘不下去，加上石头又多，棺材又大……因此它就如浮丘在那里一般。家里人还等待我将来做了"将军"，父亲死了，给他们并骨安葬，那时候，母亲的骨殖就可以进入祖坟，从此不再被当作无主的"孤魂"在外面被欺负游荡了。

母亲啊！在生前你被欺侮，死后也还要被歧视！我开始懂得这人间！一颗小小复仇的灵魂，它开始由柔软到坚硬，由暗晦到晶明，在我的血液中被滋养、被壮大起来了！——它一直陪我到今天。

# 缪崇群：守岁烛

蔚蓝静穆的空中，高高地飘着一两个稳定不动的风筝，从不知道远近的地方，时时传过几声响亮的爆竹，——在夜晚，它的回音是越发地撩人了。

岁是暮了。

今年侥幸没有他乡作客，也不曾颠沛在那遥遥的异邦，身子就在自己的家里；但这个陋小低晦的四周，没有一点生气，也没有一点温情，只有像垂死般的宁静，冰雪般的寒冷。一种寂寥与没落的悲哀，于是更深地把我笼罩了，我永日沉默在冥想的世界里。

因为想着逃脱这种氛围，有时我便独自到街头徜徉去，可是那些如梭的车马、鱼贯的人群，也同样不能给我一点兴奋或慰藉，他们映在我眼睑的不过是一幅熙熙攘攘的世相，活动的、滑稽的、杂乱的写真，看罢了所谓年景归来，心中越是惆怅得没有一点皈依了。

啊！What is a home without mother？

我又陡然地记忆起这句话了——它是一个歌谱的名字，可惜我不能唱它。

在那五年前的除夕的晚上，母亲还能斗胜了她的疾病，精神很焕发地和我们在一起聚餐，然而我不知怎么那样地不会凑趣，我反郁郁地沉着脸，仿佛感到一种不幸的预兆似的。

"你怎么了？"母亲很担心地问。

"没有怎么，我是好好的。"

我虽然这样回答着，可是那两股辛酸的眼泪，早禁不住就要流出来了。我急忙转过脸，或低下头，为避免母亲的视线。

"少年人总要放快活些，我像你这般大的年纪，还一天玩到晚，什么心思都没有呢。"

母亲已经把我看破了。

我没有言语。父亲默默地呷着酒，弟弟尽独自夹他所喜欢吃的东西。

自己因为早熟一点的缘故，不经意地便养成了一种易感的性格。每当人家喜欢的时刻，自己偏偏感到哀愁；每当人家热闹的时刻，自己却又感到一种莫名的孤独。究竟为什么呢？我是回答不出来的……

——没有不散的筵席，这句话的黑影，好像正正投满了我的窄隘的心胸。

饭后过了不久，母亲便拿出两个红纸包儿出来，一个给弟弟，一个给我。给弟弟的一个，立刻便被他拿走了；给我的一个，却还在母亲的手里握着。

红纸包里裹着压岁钱，这是我们每年所最盼切而且数目最多的一笔收入，但这次我是没有一点兴致接受它的。

"妈，我不要吧，平时不是一样地要么？再说我已经渐渐长大了。"

"唉，孩子，在父母面前，八十岁也算不上大的。"

"妈妈自己尽辛苦节俭，哪里有什么富余的呢？"我知道母亲每次都暗暗添些钱给我，所以我更不愿意接受了。

"这是我心愿给你们用的……"母亲还没说完，这时父亲忽然在隔壁带着笑声地嚷了：

"不要给大的了，他又不是小孩子。"

"别睬他，快拿起来吧。"母亲也抢着说，好像哄着一个婴孩，唯恐他受了惊吓似的……

佛前的香气，蕴满了全室，烛光是煌煌的。那慈祥、和平、闲静的烟纹，在黄金色的光幅中缭绕着，起伏着，仿佛要把人催得微醉了，定一下神，又似乎自己乍从梦里醒觉过来一样。

母亲回到房里的时候，父亲已经睡了；但她并不立时卧下休息，她尽沉思般地坐在床头。这时我心里真凄凉起来了，于是我也走进了房里。

房里没有灯，靠着南窗底下，烧着一对明晃晃的蜡烛。

"妈今天累了吧？"我想赶去这种沉寂的空气，并且打算伴着母亲谈些家常。我是深深知道我刚才那种态度太不对了。

"不——"她望了我一会又问，"你怎么今天这样不喜欢呢？"

我完全追悔了，所以我也很坦白地回答母亲：

"我也说不出为什么，逢到年节，心里总感觉着难受似的。"

"年轻的人，不该这样的，又不像我们老了，越过越淡。"

——是的，越过越淡，在我心里，也这样重复地念了一遍。

"房里也点蜡烛做什么？"我走到烛前，剪着烛花问。

"你忘记了么？这是守岁烛，每年除夕都要点的。"

那一对美丽的蜡烛，它们真好像穿着红袍的新人。上面还题着金字：寿比南山……

"太高了一点吧？"

"你知道守岁，要从今晚一直点到天明呢。最好是一同熄——所谓同始同终——如果有剩下的便留到清明晚间照百虫，这烛是一照影无踪的……"

……

在烛光底下，我们不知坐了多久；我们究竟把我们的残余的、唯有的一岁守住了没有呢，哪怕是蜡烛再高一点，除夕更长一些？

外面的爆竹，还是密一阵疏一阵地响着，只有这一对守岁烛是默默无语，它的火焰在不定地摇曳，泪是不止地垂滴，自始至终，自己燃烧着自己。

明年，母亲便去世了，过了一个阴森森的除夕。

第二年，第三年，我都不在家里……是去年的除夕罢，在父亲的房里，又燃起了"一对"明晃晃的守岁烛了。

——母骨寒了没有呢？我只有自己问着自己。

又届除夕了，环顾这陋小、低晦，没有一点生气与温情的四围——比去年更破落了的家庭，唉，我除了凭吊那些黄金的过往以外，哪里还有一点希望与期待呢？

岁虽暮，阳春不久就会到来……

心暮了，生命的火焰，将在长夜里永久逝去了！

# 萧乾：我是妈的命根子

关于那位我从未谋过面的爹，我连张照片也没见过——他也很可能从来没照过相。我曾从大人的谈话间拼凑出他的形象。他个子高大，坐在炕沿上，腰身总成直角。据说他一辈子也没笑过几回。那时北京有九座城门楼——一直保存到五十年代，他是负责看守东直门的。我大概是从他这份职业推断出他是高个子的。因为每次出入那座城门，我都觉得它老厚老厚的，笨重无比，不是个大力士，休想撼动它一寸。

对妈妈，我就熟悉多了。孤儿寡母，她当然疼我疼得要命。记得有一回堂兄举了菜刀在我头上晃，妈妈把我紧紧搂到怀里，呜咽着哀求说："我就剩下这么一块肉！"还有什么字眼更能表达一颗母亲的心呢！然而就像《篱下》里那个环哥，我偏偏是个不争气的孩子，不断地惹是生非，不知害她生了多少夹板气。

我祖父膝下三个儿子，我父亲是老大，年过四十才成亲，只生了我一个。二叔另过，住在炮局。我好像没见过他，至少脑海里没有他的模样。可我总依稀记得他死后，妈妈带我去炮局吊丧的事。倘若没记错，那时我刚刚两岁。

我同妈妈跟着三叔过。三叔死时我五岁。我清楚地记得他是坐在椅子上咽气的，仿佛还刚剃过头。三婶来回摆弄他那光秃秃的脑袋，颤声责问道："怎么，你就这么撇下我们娘儿几个不管啦？"接着就号啕大哭起来。那也是我平生第一次看到的死亡。

三婶是续弦的，她和前房各生有一男一女。她的继女等于我半个母亲，后来我习惯于叫她老姐姐。她个子矮胖，长得一点也不美，但她有一颗金子般的心。由于家里几次断炊，同时妯娌关系也不好处，我妈妈就把我托付给老姐姐，自己出去佣工了。记得她临走时，向大堂姐托付说："姑娘，我就这么一条命根子。好歹看在你大爷面上，多照应他吧！"大堂姐发誓要我妈妈放心。她已决定不出嫁了，就认真信守了自己的诺言。

当三堂兄（她的同父异母的弟弟）罚我跪或是把我按在炕上用棍子抽打时，她不但替我求情，甚至还用身子挡。

她为我洗涮缝补。

天不亮，总是她使劲把我推醒，打发我去上工。

一九六〇年四月，当我在唐山柏各庄农场得到她去世的消息时，我倒在稻草垛上大哭了一场。

她还是我的启蒙老师。她认识不少字，看过许多演义，能整本整本地讲《济公传》《小五义》或是《东周列国志》。

她会唱许多动人的儿歌和民间曲调。她先是教我《寒衣曲》《丁郎寻父》，后来又教我《葡萄仙子》《月明之夜》。她几乎什么都是听了一遍就能背诵下来。她能背全本《名贤集》，什么"路遥知马力，日久见人心"呀，以至描写炎凉世态的"贫居闹市无人问，富在深山有远亲"呀。健康也好，不健康也好，那是我最早接受的人生哲学。

## 我总忘不了我那苦命的妈

我妈妈是个逆来顺受的老实人，一个受气包。在我刚记事的时候，就总看到她同大堂姐从外面揽活计，在家里做。有时是给人家拆洗缝补，后来又从被服厂领来活计——做军衣。她手不离针线，炕上总是大堆大堆裁好的布料和棉花。洋袜子时兴起来时，她又缝起袜口，我还陪她去取送过活计。

在外出佣工之前，她就是靠做点活计来维持我们母子俩住在三婶家里的资格。有时也靠卖她那几件嫁妆。

那年月，胡同里经常过一种穿街走巷收购旧物的商贩。不同于一般商贩，他们往往穿件长袍，很少是短打扮的；右肩照例搭着条细长蓝布钱袋，里面装的正是他们用以夺走穷人最后一点生活必需品的资本。他们一只手握着鼓槌，另一只手捏着比巴掌还小的小鼓，走几步就敲上一通。所以市民通常称他们作"打鼓儿的"。在我的心目中，"打鼓儿的"就是一种文雅的强盗。可是这种强盗还很有架子，得追上去请他进来看货。我妈妈就净派我去干这种讨厌的差事。

"打鼓儿的，进来瞧瞧吧。"

他白着眼睛望了望我，估计油水不大，要么扭头就走，要么从鼻子里哼出一声："卖什么呀？"

卖什么？妈妈唯一的一副镯子和爸爸遗下的一件皮袄什么

的，早都脱手了。我还记得卖我们最后一件家具——一张用来吃饭或写点什么的小炕桌的情景。"打鼓儿的"撇了撇嘴说："值不上几个大，还是留着使吧。"那回不是为了替我抓药就是交学费，妈妈死说活说，央求他丢下几个钱，总算搬走了，每次往外搬什么，我们娘儿俩就用恋恋不舍的眼光直直地盯着。

穷人要有个阔亲戚也好。可我大舅舅是个搬运工，平时给人搬家。一入冬，他就推了个车子去卖白薯，我吃过不少块他那"栗子味儿的"白薯，有时也看到他给人搬家。那可真叫本事呀！头顶着桌面，上头再高高地架起瓷器和玻璃用具。老远就望到他一手叉腰，一手扶着桌边晃晃悠悠地走来，像只长着高高犄角的梅花鹿。二舅行伍出身，在南方什么军阀那里当连长。我小时见过他一面，他给了我一只烂熟烂熟的香蕉。

我非常向往南方。他托着我的下巴逗我说："走，跟我当兵去吧！"我妈妈立刻把我拢到怀里，仿佛生怕我真的会跟了他去。

现在每逢吃烤鸭，我就想到小时候的"吹号筒"。那是我妈妈出去佣工之后，偷偷为我做出的一种安排。整数交到家里，她每月还在我姨那里存上点钱，要她不时地给我打打牙祭。姨住在马将军胡同。我一馋了，就溜到她家。她总替我烙一张饼，买上些"盒子菜"（酱肉），要我卷成个号筒来吃。她自己不吃，只笑望着我那副狼吞虎咽的样子。看到我的小肚肚凸了起来，就欣慰地说："吃吧，长吧，长大了好孝顺你那苦命的妈！"

# 我开始上学了

我那苦命的妈妈虽然不识几个大字，她平生却有个最大的心愿，就是一定要我读书。病危时她还嘱咐我做个有出息有志气的孩子，意思就是要我读书。我六岁时，她把我送进北新桥新太仓一座姑子庵里去读私塾。

二十年代初期，每逢初一、十五，庵里总挤满了烧香的善男信女。私塾设在大殿右侧一个昏暗的角落里。五十来个学生挤在一座座砖砌的小台子周围。墙壁中央上端挂了一张黑乎乎的"大成至圣先师孔子"拓像，上课前下课后我们都得朝它作上三揖。每个学生面前都摊着一本"四书"，好像解闷似的。从早到晚我们都扯了喉咙"唱"着经文。那时还用铜制钱。早晨上学的时候，总带上两个制钱，买烧饼或者马蹄儿，腋下照例夹着书包。夏天光着膀子，还拎着一壶开水。

这个私塾上了不到半年，我就上不下去了。因为不但逢年过节不能像旁的孩子那样给老师提个蒲包，连每月的束脩我有时也交不上了。于是，老师动不动就用烟袋锅子敲我的脑袋，板子也越打越重。说是"《大学》《中庸》，打得屁股哼哼"，可我才念了半本《论语》，身上就给打得青一块紫一块的了。

那大约是五四运动前夕，新学就像一股清风，吹进了北京城的大街小巷。这时我妈妈出去佣工挣钱了。她决定把我送进九道湾一家私立的"新式"学堂。这是一个路西高台阶的宅子——现在已成了个大杂院。妈妈替我买了新式的教科书。第一课是"人手足刀尺"，还有图画。上学那天，她让我穿上特意为我新缝制的蓝布大褂，亲自把我送去。那个胡同弯来弯去，好像不止九道。每拐一个弯，她就拽拽我的大褂，生怕身上有个褶子。一路反复叮嘱我："咱们这房就你一个，可得给妈争口气！"

这个学堂的课室设在西厢房，老师一家住在北屋。我们进去后，妈妈就打开手绢包儿，拿出她用汗水低三下四为我挣来的学费，毕恭毕敬地放在八仙桌的一角。然后就赔着脸托付开了："我跟前就这么一个，您老多多栽培吧。"

我小心坎里只想知道这个"新式"学堂到底怎么个新法。倒是不再念"子曰"，改念"马牛羊，鸡犬豕"了。课本是新式装帧，还可以嗅出印刷的油墨气味。可是照旧上一段死啃一段，照旧扯了喉咙"唱"。再有就是，学费之外，要钱的花样更多了一些：一下子师母生日，一下子师姑出门子，回回都得送礼。凭我妈妈那点工钱，很快我就又成为一个不受欢迎的学生了。我发现"新式"学堂还有一点不同，就是这位老师年纪轻一些，他的板子打在手心上更疼一些。有一回他把挺厚的一根板子打断了，马上就又从抽屉里抄出一根。

如果说这时候我接触到一点新的东西，那是来自学堂之外。夏天，黄昏时分，我常在褡裢坑附近的一片草地上玩耍。有一天，我们正在玩着什么游戏时，忽然看见草地南端来了几个青年学生，他们把一面旗子靠在墙上，旗子上写着"社会实进会"。那大约是五四运动前，一些热心公益的人士组成的扫盲小分队。一位穿灰布长褂的男青年和一位穿月白上衣黑裙子的女青年开始宣传"睁眼瞎子"的痛苦，说欧美各国和日本，人人都识字，所以国家就强。中国人再这样愚昧下去，就只有亡国。讲完了，还教唱歌，教的是《自由花》。那也许是我学到的第一首新歌吧，也是头一遭听到"自由"这个字眼。

　　好，好，好，好一朵自由花。
　　香喷喷的，鲜活活的，颜色真美丽，哪里找得到，好一朵自由花。

　　由于唱的次数太多了，几十年来那曲调和歌词一直像海滩岩石上的牡蛎那样牢牢粘在我的脑海里。对我来说，这还不仅是声乐教育的开始，更重要的是它使我对"自由"有了向往。后来从课本和各种读物里才知道，原来多少人还曾为了它而掷过头颅。

## 我又进了"洋学堂"

　　过了不久，四堂兄有一天对我妈妈说，安定门三条有个叫崇实的洋学堂，那里正在招生。穷学生可以半天读书，半天学点手艺；不但免交学费，出了师还可挣上块八毛的。记得那时我妈妈正病在家里，夜里常要我给她捶胸脯。我说不清她得的是什么病，只知道她爱生气，不断唉声叹气的。听到四堂兄这话，她含着泪说："那敢情好，就累你把这孩子给送去吧。不但能念书，还能学份手艺，万一我有个三长两短的，孩子也不至于喝西北风啊！"

这样，一个早晨，她把我打点了一下就由四堂兄领我到那家洋学堂去了。因为念过私塾，又跟着那位洋嫂嫂学过英文，所以让我插班进了三年级。然后，我被带到顶楼地毯房，在一个姓裴的师傅手下当学徒，从此开始了正规的工读生活。

这可是个新天地。课堂是在一幢五层的洋楼里。土台子换了带抽屉的小木桌。抬头是大玻璃窗，顶棚上吊着电灯，脚下踩着光滑的地板。

约莫五岁的时候，我头一次见洋人。那阵子也许纸烟刚刚进入北京。一天下午，胡同里出现两辆洋车，分别坐着一个高鼻梁、黄头发的洋人和一个瘦骨嶙峋的中国人。瘦子脚下堆着几个纸匣。下车后，瘦子就吹起喇叭来。看他腮帮子一鼓一瘪的，几乎把吃奶的力气都用上了才把喇叭声吹响，那副样子煞是可怜。他大概是洋人雇来用喇叭声吸引路人的。

洋人接着就打开一个印有一只燕子的绿色纸匣，拿出一支支香烟分递给围观者。我记得这件事是因为他忽然从人丛中把我抱了起来，把我吓哭了。

四堂嫂进门之后，我就再也不觉得洋人可怕了。

英美基督教会在中国办学，似乎曾经过缜密的规划。以大学来说，广州有岭南，上海有沪江和圣约翰，杭州有之江，湖南有湘雅，四川有华西，北京有燕京和协和。除了圣约翰一家是英国教会的，其余全是美国办的。每座大学仿佛都有一座医院。

中学的分布也很有章法。

以北京而论，当时就有好几所这样的洋学堂，各有男女两所学校，每所都由一家教会开办。西城有英国圣公会办的崇德和笃志，东城有美以美会办的汇文和慕贞，公理会办的育英和贝满。我进的是长老会在北城办的崇实，另外还有座女校叫崇慈。

崇实有半工半读的办法，设有地毯房、羊奶厂和印刷间。

我对地毯这个行业，一直没什么感情——或者说，我讨厌当时地毯房那个世界。它似乎是挨打与打人的循环。一个学徒进来之后，先绕线，就是把五颜六色的毛线缠成团团。这是两个徒弟合干的活儿，照例是新徒弟用双手撑线，资格略深的师兄缠团，这样，就形成徒弟打徒弟的局面。毛线纺得粗，时常出现疙瘩。每当师兄缠得不顺手，他抬起腿就踢。

一年后，上板织杂毛了，就是完全没图案，用大活的下脚料——各色剪短的毛线——来织。这不算出师，因此，有时还得干徒弟的活儿（扫地、擦玻璃），继续挨打。织地毯的手里离不开那三把家伙，都是带钢刃的利器，所以织过地毯的，身上总会有点伤疤。一旦出了师，就取得折磨新手的资格了。真好像为了捞回以前挨的打一样，又回过头来打手下的徒弟，就这样循环不已。

在已织上凸活——土耳其式的地毯时，我改了行，到羊奶厂去干活了。我喜欢赶着羊群出安定门去放，也不讨厌天不亮就蹲下来一把把地挤那热乎乎的奶。我对那些瑞士羊是很有感情的，最近还从老友陈绂兄处讨到了一张我在羊圈照的相。然而送羊奶也不是好干的活儿。天刚蒙蒙亮，就得把十六瓶奶装进袋里，让那八磅重量压在我的前胸和后背，从北新桥一直走到哈德门。吃奶的人都住在那一带阔人区：不是苏州胡同，就是盔甲厂。压肩膀我不怕，我怕家家的洋狗。我得把新奶放下再取走空瓶。狗一见我，总认为是偷了它家的东西，于是就汪汪地追在后边吠。为了不让它扑到我身上，我一路上猫腰，装作捡砖头要打它的样子。我每天都捏着一把汗，有一回后襟还给咬了个口子。

就在我领到第一个月工资的那天，妈妈含着我用自己劳动挣来的钱买的一点果汁，就与世长辞了。我哭天喊地，她想睁开眼皮再看我一眼，但她连那点气力也没有了。

这样，我就孤孤单单地生活下来。

# 萧红：感情的碎片

近来觉得眼泪常常充满着眼睛，热的，它们常常会使我的眼圈发烧。然而它们一次也没有滚落下来。有时候它们站到了眼毛的尖端，闪耀着玻璃似的液体，每每在镜子里面看到。

一看到这样的眼睛，又好像回到了母亲死的时候。她病了三天了，是七月的末梢，许多医生来过了，他们骑着白马，坐着三轮车，但那最高的一个，他用银针在母亲的腿上刺了一下，他说："血流则生，不流则亡。"

我确确实实看到那针孔是没有流血，只是母亲的腿上凭空多了一个黑点。医生和别人都退了出去，他们在堂屋里议论着。我背向了母亲，我不再看她腿上的黑点。我站着。

"母亲就要没有了吗？"我想。

大概就是她极短的清醒的时候："……你哭了吗？不怕，妈死不了！"

我垂下头去，扯住了衣襟，母亲也哭了。

而后我站到房后摆着花盆的木架旁边去。我从衣袋取出来母亲买给我的小洋刀。

"小洋刀丢了就从此没有了吧？"于是眼泪又来了。

花盆里的金百合映着我的眼睛，小洋刀的闪光映着我的眼睛。眼泪就再没有流落下来，然而那是热的，是发炎的。但那是孩子的时候。

而今则不应该了。

第三辑

——

那一声叮咛，
是最美的声音

# 朱德：回忆我的母亲

得到母亲去世的消息，我很悲痛。我爱我母亲，特别是她勤劳一生，很多事情是值得我永远回忆的。

我家是佃农。祖籍广东韶关，客籍人，在"湖广填四川"时迁移四川仪陇县马鞍场。世代为地主耕种，家境是贫苦的。和我们来往的朋友也都是老老实实的贫苦农民。

母亲一共生了十三个儿女。因为家境贫穷，无法全部养活，只留下了八个，以后再生下的被迫溺死了。这在母亲心里是多么惨痛悲哀和无可奈何的事情啊！母亲把八个孩子一手养大成人。可是她的时间大半被家务和耕种占去了，没法多照顾孩子，只好让孩子们在地里爬着。

母亲是个好劳动。从我能记忆时起，总是天不亮就起床。全家二十多口人，妇女们轮班煮饭，轮到就煮一年。母亲把饭煮了，还要种田，种菜，喂猪，养蚕，纺棉花。因为她身体高大结实，还能挑水挑粪。

母亲这样地整日劳碌着。我到四五岁时就很自然地在旁边帮她的忙，到八九岁时就不但能挑能背，还会种地了。记得那时我从私塾回家，常见母亲在灶上汗流满面地烧饭，我就悄悄把书一放，挑水或放牛去了。有的季节里，我上午读书，下午种地；一到农忙，便整日在地里跟着母亲劳动。这个时期母亲教给我许多生产知识。

佃农家庭的生活自然是艰苦的，可是由于母亲的聪明能干，也勉强过得下去。我们用桐子榨油来点灯，吃的是豌豆饭、菜饭、红薯饭、杂粮饭，把菜籽榨出的油放在饭里做调料。这类地主富农家看也不看的饭食，母亲却能做得使一家人吃起来有滋味。赶上丰年，才能缝上一些新衣服，衣服也是自己生产出来的。母亲亲手纺出线，请人织成布，染了颜色，我们叫它"家织布"，有铜钱那样厚。一套衣服老大穿过了，老二老三接着穿还穿不烂。

勤劳的家庭是有规律有组织的。我的祖父是一个中国标本式的农民，到八九十岁还非耕田不可，不耕田就会害病，直到临死前不久还在地里劳动。祖母是家庭的组织者，一切生产事务由她管理分派，每年除夕就分派好一年的工作。每天天还没亮，母亲就第一个起身，接着听见祖父起来的声音，接着大家都离开床铺，喂猪的喂猪，砍柴的砍柴，挑水的挑水。母亲在家庭里极能任劳任怨。她性格和蔼，没有打骂过我们，也没有同任何人吵过架。因此，虽然在这样的大家庭里，长幼、伯叔、妯娌相处都很和睦。母亲同情贫苦的人——这是朴素的阶级意识，虽然自己不富裕，还周济和照顾比自己更穷的亲戚。她自己是很节省的。父亲有时吸点旱烟，喝点酒；母亲管束着我们，不允许我们染上一点。母亲那种勤劳俭朴的习惯，母亲那种宽厚仁慈的态度，至今还在我心中留有深刻的印象。

但是灾难不因为中国农民的和平就不降临到他们身上。庚子年（1900）前后，四川连年旱灾，很多的农民饥饿、破产，不得不成群结队地去"吃大户"。我亲眼见到，六七百穿得破破烂烂的农民和他们的妻子儿女被所谓官兵一阵凶杀毒打，血溅四五十里，哭声动天。在这样的年月里，我家也遭受更多的困难，仅仅吃些小菜叶、高粱，通年没吃过白米。特别是乙未（1895）那一年，地主欺压佃户，要在租种的地上加租子，因为办不到，就趁大年除夕，威胁着我家要退佃，逼着我们搬家。在悲惨的情况下，我们一家人哭泣着连夜分散。从此我家被迫分两处住下。人手少了，又遇天灾，庄稼没收成，这是我家最悲惨的一次遭遇。母亲没有灰心，她对穷苦农民的同情和对为富不仁者的反感却更强烈了。母亲沉痛的三言两语的诉说以及我亲眼见到的许多不平事实，启发了我幼年时期反抗压迫追求光明的思想，使我决心寻找新的生活。

我不久就离开母亲，因为我读书了。我是一个佃农家庭的子弟，本来是没有钱读书的。那时乡间豪绅地主的欺压，衙门差役的横蛮，逼得母亲和父亲决心节衣缩食培养出一个读书人来"支撑门户"。我念过私塾，光绪三十一年（1905）考了科举，以后又到更远的顺庆和成都去读书。这个时候的学费都是东挪西借来的，总共用了二百多块钱，直到我后来当护国军旅长时才还清。

光绪三十四年（1908）我从成都回来，在仪陇县办高等小学，一年回家两三次去看母亲。那时新旧思想冲突得很厉害，我们抱了科学民主的思想，想在家乡做点事情，守旧的豪绅们便出来反对我们。我决心瞒着母亲离开家乡，远走云南，参加新军和同盟会。我到云南后，从家信中知道，我母亲对我这一举动不但不反对，还给我许多慰勉。

从宣统元年（1909）到现在，我再没有回家过一次，只在民国八年（1919）我曾经把父亲和母亲接出来。但是他俩劳动惯了，离开土地就不舒服，所以还是回了家。父亲就在回家途中死了。母亲回家继续劳动，一直到最后。

中国革命继续向前发展，我的思想也继续向前发展。当我发现了中国革命的正确道路时，我便加入了中国共产党。大革命失败了，我和家庭完全隔绝了。母亲就靠那三十亩地独立支持一家人的生活。抗战以后，我才能和家里通信。母亲知道我所做的事业，她期望着中国民族解放的成功。她知道我们党的困难，依然在家里过着勤苦的农妇生活。七年中间，我曾寄回几百元钱和几张自己的照片给母亲。母亲年老了，但她永远想念着我，如同我永远想念着她一样。去年收到侄儿的来信说："祖母今年已有八十五岁，精神不如昨年之健康，饮食起居亦不如前，甚望见你一面，聊叙别后情景。"但我献身于民族抗战事业，竟未能报答母亲的希望。

母亲最大的特点是一生不曾脱离过劳动。母亲生我前一分钟还在灶上煮饭。虽到老年，仍然热爱生产。去年另一封外甥的家信中说："外祖母大人因年老关系，今年不比往年健康，但仍不辍劳作，尤喜纺棉。"

我应该感谢母亲，她教给我与困难做斗争的经验。我在家庭中已经饱尝艰苦，这使我在三十多年的军事生活和革命生活中再没感到过困难，没被困难吓倒。母亲又给我一个强健的身体，一个勤劳的习惯，使我从来没感到过劳累。

我应该感谢母亲，她教给我生产的知识和革命的意志，鼓励我以后走上革命的道路。在这条路上，我一天比一天更加认识：只有这种知识，这种意志，才是世界上最可宝贵的财产。

母亲现在离我而去了，我将永不能再见她一面了，这个哀痛是无法补救的。母亲是一个平凡的人，她只是中国千百万劳动人民中的一员，但是，正是这千百万人创造了和创造着中国的历史。我用什么方法来报答母亲的深恩呢？我将继续尽忠于我们的民族和人民，尽忠于我们的民族和人民的希望——中国共产党，使和母亲同样生活着的人能够过快乐的生活。这是我能做到的，一定能做到的。

愿母亲在地下安息！

# 胡适：我的母亲

我小时身体弱，不能跟着野蛮的孩子们一块儿玩。我母亲也不准我和他们乱跑乱跳。小时不曾养成活泼游戏的习惯，无论在什么地方，我总是文绉绉的。所以家乡老辈都说我"像个先生样子"，遂叫我作"穈先生"。这个绰号叫出去之后，人都知道三先生的小儿子叫作穈先生了。

既有"先生"之名，我不能不装出点"先生"样子，更不能跟着顽童们"野"了。有一天，我在我家八字门口和一班孩子"掷铜钱"，一位老辈走过，见了我，笑道："穈先生也掷铜钱吗？"我听了羞愧得面红耳热，觉得大失了"先生"的身份！

大人们鼓励我装先生样子，我也没有嬉戏的能力和习惯，又因为我确是喜欢看书，故我一生可算是不曾享过儿童游戏的生活。每年秋天，我的庶祖母同我到田里去"监割"（顶好的田，水旱无忧，收成最好，佃户每约田主来监割，打下谷子，两家平分），我总是坐在小树下看小说。

十一二岁时，我稍活泼一点，居然和一群同学组织了一个戏剧班，做了一些木刀竹枪，借得了几副假胡须，就在村口田里做戏。我做的往往是诸葛亮、刘备一类的文角儿；只有一次我做史文恭，被花荣一箭从椅子上射倒下去。这算是我最活泼的玩意儿了。

我在这九年（1895—1904）之中，只学得了读书写字两件事。在文字和思想的方面，不能不算是打了一点底子。但别的方面都没有发展的机会。有一次我们村"当朋"（八都凡五村，称为"五朋"，每年一村轮着做太子会，名为"当朋"）筹备太子会，有人提议要派我加入前村的昆腔队里学习吹笙或吹笛。族里长辈反对，说我年纪太小，不能跟着太子会走遍五朋。于是我便失掉了学习音乐的唯一机会。三十年来，我不曾拿过乐器，也全不懂音乐；究竟我有没有一点学音乐的天资，我至今不知道。至于学图画，更是不可能的事。我常常用竹纸蒙在小说书的石印绘像上，摹画书上的英雄美人。有一天，被先生看见了，挨了一顿大骂，抽屉里的图画都被搜出撕毁了。于是我又失掉了学做画家的机会。

但这九年的生活，除了读书看书之外，究竟给了我一点做人的训练。在这一点上，我的恩师便是我的慈母。

每天天刚亮时，我母亲便把我喊醒，叫我披衣坐起。我从不知道她醒来坐了多久了。她看我清醒了，便对我说昨天我做错了什么事，说错了什么话，要我认错，要我用功读书。有时候她对我说父亲的种种好处，她说："你总要踏上你老子的脚步。我一生只晓得这一个完全的人，你要学他，不要跌他的股（跌股便是丢脸，出丑）。"她说到伤心处，往往掉下泪来。到天大明时，她才把我的衣服穿好，催我去上早学。学堂门上的锁匙放在先生家里;我先到学堂门口一望,便跑到先生家里去敲门。先生家里有人把锁匙从门缝里递出来,我拿了跑回去,开了门,坐下念生书。十天之中,总有八九天我是第一个去开学堂门的。等到先生来了,我背了生书,才回家吃早饭。

我母亲管束我最严,她是慈母兼任严父。但她从来不在别人面前骂我一句,打我一下。我做错了事,她只对我一望,我看见了她的严厉眼光,便吓住了。犯的事小,她等到第二天早晨我睡醒时才教训我。犯的事大,她等到晚上人静时,关了房门,先责备我,然后行罚,或罚跪,或拧我的肉。无论怎样重罚,总不许我哭出声音来。她教训儿子不是借此出气叫别人听的。

有一个初秋的傍晚,我吃了晚饭,在门口玩,身上只穿着一件单背心。这时候我母亲的妹子玉英姨母在我家住,她怕我冷了,拿了一件小衫出来叫我穿上。我不肯穿,她说:"穿上吧,凉了。"我随口回答:"娘(凉)什么! 老子都不老子呀。"我刚说了这句话,一抬头,看见母亲从家里走出,我赶快把小衫穿上。但她已听见这句轻薄的话了。晚上人静后,她罚我跪下,重重地责罚了一顿。她说:"你没了老子,是多么得意的事! 好用来说嘴! "她气得坐着发抖,也不许我上床去睡。我跪着哭,用手擦眼泪,不知擦进了什么微菌,后来足足害了一年多的眼翳病。医来医去,总医不好。我母亲心里又悔又急,听说眼翳可以用舌头舔去,有一夜她把我叫醒,她真用舌头舔我的病眼。这是我的严师,我的慈母。

我母亲二十三岁做了寡妇,又是当家的后母。这种生活的痛苦，我的笨笔写不出一万分之一二。家中财政本不宽裕，全靠二哥在上海经营调度。大哥从小便是败子，吸鸦片烟，赌博，钱到手就光，光了便回家打主意，见了香炉便拿出去卖，捞着锡茶壶便拿出押。我母亲几次邀了本家长辈来，给他定下每月用费的数目。但他总不够用，到处都欠下烟债赌债。每年除夕我家中总有一大群讨债的，每人一盏灯笼，坐在大厅上不肯去。大哥早已避出去了。大厅的两排椅子上满满的都是灯笼和债主。我母亲走进走出，料理年夜饭、谢灶神、压岁钱等事，只当作不曾看见这一群人。到了近半夜，快要"封门"了，我母亲才走后门出去，央一位邻居本家到我家来，每一家债户开发一点钱。做好做歹的，这一群讨债的才一个一个提着灯笼走出去。一会儿，大哥敲门回来了。我母亲从不骂他一句。并且因为是新年，她脸上从不露出一点怒色。这样的过年，我过了六七次。

大嫂是个最无能而又最不懂事的人，二嫂是个能干而气量很窄小的人。她们常常闹意见，只因为我母亲的和气榜样，她们还不曾有公然相骂相打的事。她们闹气时，只是不说话，不答话，把脸放下来，叫人难看；二嫂生气时，脸色变青，更是怕人。她们对我母亲闹气时，也是如此。我起初全不懂得这一套，后来也渐渐懂得看人的脸色了。我渐渐明白，世间最可厌恶的事莫如一张生气的脸；世间最下流的事莫如把生气的脸摆给旁人看，这比打骂还难受。

我母亲的气量大，性子好，又因为做了后母后婆，她更事事留心，事事格外容忍。大哥的女儿比我只小一岁，她的饮食衣服总是和我的一样。我和她有小争执，总是我吃亏，母亲总是责备我，要我事事让她。

后来大嫂二嫂都生了儿子了，她们生气时便打骂孩子来出气，一面打，一面用尖刻有刺的话骂给别人听。我母亲只装作不听见。有时候，她实在忍不住了，便悄悄走出门去，或到左邻立大嫂家去坐一会，或走后门到后邻度嫂家去闲谈。她从不和两个嫂子吵一句嘴。

每个嫂子一生气，往往十天半个月不歇，天天走进走出，板着脸，咬着嘴，打骂小孩子出气。我母亲只忍耐着，到实在不可再忍的一天，她也有她的法子。这一天的天明时，她便不起床，轻轻地哭一场。她不骂一个人，只哭她的丈夫，哭她自己苦命，留不住她丈夫来照管她。她先哭时，声音很低，渐渐哭出声来。我醒了起来劝她，她不肯住。这时候，我总听得见前堂（二嫂住前堂东房）或后堂（大嫂住后堂西房）有一扇房门开了，一个嫂子走出房向厨房走去。不多一会，那位嫂子来敲我们的房门了。我开了房门，她走进来，捧着一碗热茶，送到我母亲床前，劝她止哭，请她喝口热茶。我母亲慢慢停住哭声，伸手接了茶碗。

那位嫂子站着劝一会，才退出去。没有一句话提到什么人，也没有一个字提到这十天半个月来的气脸，然而各人心里明白，泡茶进来的嫂子总是那十天半个月来闹气的人。奇怪得很，这一哭之后，至少有一两个月的太平清静日子。

我母亲待人最仁慈，最温和，从来没有一句伤人感情的话；但她有时候也很有刚气，不受一点人格上的侮辱。我家五叔是个无正业的浪人，有一天在烟馆里发牢骚，说我母亲家中有事总请某人帮忙，大概总有什么好处给他。这句话传到了我母亲耳朵里，她气得大哭，请了几位本家来，把五叔喊来，她当面质问他，她给了某人什么好处。直到五叔当众认错赔罪，她才罢休。

我在我母亲的教训之下住了九年，受了她的极大极深的影响。我十四岁（其实只有十二岁零两三个月）便离开她了，在这广漠的人海里独自混了二十多年，没有一个人管束过我。如果我学得了一丝一毫的好脾气，如果我学得了一点点待人接物的和气，如果我能宽恕人，体谅人——我都得感谢我的慈母。

# 郭沫若：芭蕉花

这是我五六岁时的事情了。我现在想起了我的母亲，突然记起了这段故事。

我的母亲是六十六年前生在贵州省黄平州的。我的外祖父杜琢章公是当时黄平州的州官。到任不久，便遇到苗民起事，致使城池失守，外祖父手刃了四岁的四姨，在公堂上自尽了。外祖母和七岁的三姨跳进州署的池子里殉了节，所用的男工女婢也大都殉难了。我们的母亲那时才满一岁，刘奶妈把我们的母亲背着已经跳进了池子，但又逃了出来。在途中遇着过两次匪难，第一次被劫去了金银首饰，第二次被劫去了身上的衣服。忠义的刘奶妈在农人家里讨了些稻草来遮身，仍然背着母亲逃难。逃到后来遇着赴援的官军才得了解救。最初流到贵州省城，其次又流到云南省城，倚人庐下，受了种种的虐待，但是忠义的刘奶妈始终是保护着我们的母亲。直到母亲满了四岁，大舅赴黄平收尸，便道往云南，才把母亲和刘奶妈带回了四川。

母亲在幼年时分是遭受过这样不幸的人。

母亲在十五岁的时候到了我们家里来，我们现存的兄弟姊妹共有八人，听说还死了一兄三姐。那时候我们的家道寒微，一切炊洗洒扫要和妯娌分担，母亲又多子息，更受了不少的累赘。

白日里家务奔忙，到晚来背着弟弟在菜油灯下洗尿布的光景，我在小时还亲眼见过。我至今也还记得。

母亲因为这样过于劳苦的缘故，身子是异常衰弱的，每年交秋的时候总要晕倒一回，在旧时称为"晕病"，但在现在想来，这怕是在产褥中，因为摄养不良的关系所生出的子宫病罢。

晕病发了的时候，母亲倒睡在床上，终日只是呻吟呕吐，饭不消说是不能吃的，有时候连茶也几乎不能进口。像这样要经过两个礼拜的光景，又才渐渐回复起来，完全是害了一场大病一样。

芭蕉花的故事是和这晕病关联着的。

在我们四川的乡下，相传这芭蕉花是治晕病的良药。母亲发了病时，我们便要四处托人去购买芭蕉花。但这芭蕉花是不容易购买的。因为芭蕉在我们四川很不容易开花，开了花时乡里人都视为祥瑞，不肯轻易摘卖。好容易买得了一朵芭蕉花了，在我们小的时候，要管两只肥鸡的价钱呢。

芭蕉花买来了，但是花瓣是没有用的，可用的只是瓣里的蕉子。蕉子在已经形成了果实的时候也是没有用的，中用的只是蕉子几乎还是雌蕊的阶段，一朵花上实在是采不出许多的这样的蕉子来。

这样的蕉子是一点也不好吃的，我们吃过香蕉的人，如以为吃那蕉子怕会和吃香蕉一样，那是大错而特错了。有一回母亲吃蕉子的时候，在床边上夹过一箸给我，简直是涩得不能入口。

芭蕉花的故事便是和我母亲的晕病关联着的。

我们四川人大约是外省人居多，在张献忠剿了四川以后，四川人有句话说："张献忠剿四川，杀得鸡犬不留。"——在清初时期好像有过一个很大的移民运动。外省籍的四川人各有各的会馆，便是极小的乡镇也都是有的。

我们的祖宗原是福建的人，在汀州府的宁化县，听说还有我们的同族住在那里。我们的祖宗正是在清初时分入了四川的，卜居在峨眉山下一个小小的村里。我们福建人的会馆是天后宫，供的是一位女神叫作"天后圣母"。这天后宫在我们村里也有一座。

那是我五六岁时候的事了。我们的母亲又发了晕病。我同我的二哥，他比我要大四岁，同到天后宫去。那天后宫离我们家里不过半里路光景，里面有一座散馆，是福建人子弟读书的地方。我们去的时候散馆已经放了假，大概是中秋前后了。我们隔着窗看见散馆园内的一簇芭蕉，其中有一株刚好开着一朵大黄花，就像尖瓣的莲花一样。我们是欢喜极了。

那时候我们家里正在找芭蕉花，但在四处都找不出。我们商量着便翻过窗去摘取那朵芭蕉花。窗子也不过三四尺高的光景，但我那时还不能翻过，是我二哥擎我过去的。我们两人好容易把花苞摘了下来，二哥怕人看见，把花藏在衣袂下同路回去。回到家里了，二哥叫我把花苞拿去献给母亲。我捧着跑到母亲的床前，母亲问我是从什么地方拿来的，我便直说是在天后宫掏来的。我母亲听了便大大地生气，她立地叫我们跪在床前，只是连连叹气地说："啊，娘生下了你们这样不争气的孩子，为娘的倒不如病死的好了！"我们都哭了，但我也不知为什么事情要哭。不一会儿父亲晓得了，他又把我们拉去跪在大堂上的祖宗面前打了我们一阵。我挨掌心是这一回才开始的，我至今也还记得。

我们一面挨打，一面伤心。但我不知道为什么该讨我父亲、母亲的气。母亲病了要吃芭蕉花，在别处园子里掏了一朵回来，为什么就犯了这样大的过错呢？芭蕉花没有用，抱去奉还了天后圣母，大约是在圣母的神座前干掉了罢？

这样的一段故事，我现在一想到母亲，无端地便涌上了心来。我现在离家已十二三年，值此新秋，又是风雨飘摇的深夜，天涯羁客不胜落寞的情怀，思念着母亲，我一阵阵鼻酸眼胀。

啊，母亲，我慈爱的母亲哟！你儿子已经到了中年，在海外已自娶妻生子了。幼年时摘取芭蕉花的故事，为什么使我父亲、母亲那样的伤心，我现在是早已知道了。但是，我正因为知道了，竟失掉了我摘取芭蕉花的自信和勇气。这难道是进步吗？

# 许地山：落花生

我们屋后有半亩隙地。母亲说："让它荒芜着怪可惜，既然你们那么爱吃花生，就辟来做花生园罢。"我们几姊弟和几个小丫头都很喜欢——买种的买种，动土的动土，灌园的灌园；过不了几个月，居然收获了！

妈妈说："今年我们可以做一个收获节，也请你们爹爹来尝尝我们的新花生，如何？"我们都答应了。母亲把花生做成好几样的食品，还吩咐这节期要在园里的茅亭举行。

那晚上的天色不大好，可是爹爹也到来，实在很难得！爹爹说："你们爱吃花生么？"

我们都争着答应："爱！"

"谁能把花生的好处说出来？"

姊姊说："花生的气味很美。"

哥哥说："花生可以制油。"

我说："无论何等人都可以用贱价买它来吃，都喜欢吃它。这就是它的好处。"

爹爹说："花生的用处固然很多，但有一样是很可贵。这小小的豆不像那好看的苹果、桃子、石榴，把它们的果实悬在枝上，鲜红嫩绿的颜色，令人一望而发生羡慕之心。它只把果子埋在地底，等到成熟，人们才把它挖出来。你们偶然看见一棵花生瑟缩地长在地上，不能立刻辨出它有没有果实，非得等到你接触它才能知道。"

我们都说："是的。"母亲也点点头。爹爹接下去说："所以你们要像花生，因为它是有用的，不是伟大、好看的东西。"我说："那么，人要做有用的人，不要做伟大、体面的人了。"爹爹说："这是我对于你们的希望。"

我们谈到夜阑才散，所有花生食品虽然没有了，然而父亲的话现在还印在我心版上。

# 邹韬奋：我的母亲

　　说起我的母亲，我只知道她是"浙江海宁查氏"，至今不知道她有什么名字！这件小事也可表示今昔时代的不同。现在的女子未出嫁的固然很"勇敢"地公开着她的名字，就是出嫁了的，也一样地公开着她的名字。不久以前，出嫁后的女子还大多数要在自己的姓上面加上丈夫的姓；通常人们的姓名只有三个字，嫁后女子的姓名往往有四个字。

　　在我年幼的时候，知道担任商务印书馆出版的《妇女杂志》笔政的朱胡彬夏，在当时算是有革命性的"前进的"女子了，她反抗了家里替她订的旧式婚姻，以致她的顽固的叔父宣言要用手枪打死她，但是她却仍在"胡"字上面加着一个"朱"字！近来的女子就有很多在嫁后仍只由自己的姓名，不加不减。这意义表示女子渐渐地有着她们自己的独立的地位，不是属于任何人所有的了。但是在我的母亲的时代，不但不能学"朱胡彬夏"的用法，简直根本就好像没有名字！我说"好像"，因为那时的女子也未尝没有名字，但在实际上似乎就用不着。

　　像我的母亲，我听见她的娘家的人们叫她作"十六小姐"，男家大家族里的人们叫她作"十四少奶",后来我的父亲做官,人们便叫作"太太",始终没有用她自己名字的机会!我觉得这种情形也可以暗示妇女在封建社会里所处的地位。

我的母亲在我十三岁的时候就去世了。我生的那一年是在九月里生的,她死的那一年是在五月里死的,所以我们母子两人在实际上相聚的时候只有十一年零九个月。我在这篇文里对于母亲的零星追忆,只是这十一年里的前尘影事。

我现在所能记得的最初对于母亲的印象,大约在两三岁的时候。我记得有一天夜里,我独自一人睡在床上,由梦里醒来,蒙眬中睁开眼睛,模糊中看见由垂着的帐门射进来的微微的灯光,在这微微的灯光里瞥见一个青年妇人拉开帐门,微笑着把我抱起来。她嘴里叫我什么,并对我说了什么,现在都记不清了,只记得她把我负在她的背上,跑到一个灯光灿烂人影憧憧往来的大客厅里,走来走去"巡阅"着。大概是元宵吧,这大客厅里除有不少成人谈笑着外,有二三十个孩童提着各色各样的纸灯,里面燃着蜡烛,三五成群地跑着玩。我此时伏在母亲的背上,半醒半睡似的微张着眼看这个,望那个。那时我的父亲还在和祖父同住,过着"少爷"的生活;父亲有十来个弟兄,有好几个都结了婚,所以这大家族里看着这么多的孩子。母亲也做了这大家族里的一分子。她十五岁就出嫁,十六岁那年养我,这个时候才十七八岁。我由现在追想当时伏在她的背上睡眼惺忪所见着的她的容态,还感觉到她的活泼的、欢悦的、柔和的、青春的美。我生平所见过的女子,我的母亲是最美的一个,就是当时伏在母亲背上的我,也能觉到在那个大客厅里许多妇女里面，没有一个及得到母亲的可爱。我现在想来，大概在我睡在房里的时候，母亲看见许多孩子玩灯热闹，便想起了我，也许蹑手蹑脚到我床前看了好几次，见我醒了，便负我出去一饱眼福。这是我对母亲最初的感觉，虽则在当时的幼稚脑袋里当然不知道什么叫作母爱。

后来祖父年老告退，父亲自己带着家眷在福州做候补官。我当时大概有了五六岁，比我小两岁的二弟已生了。家里除父亲母亲和这个小弟弟外，只有母亲由娘家带来的一个青年女仆，名叫妹仔。"做官"似乎怪好听，但是当时父亲赤手空拳出来做官，家里一贫如洗。我还记得，父亲一天到晚不在家里，大概是到"官场"里"应酬"去了，家里没有米下锅；妹仔替我们到附近施米给穷人的一个大庙里去领"仓米"，要先在庙前人山人海里面拥挤着领到竹签，然后拿着竹签再从挤得水泄不通的人群中，带着粗布袋挤到里面去领米；母亲在家里横抱着哭泣着的二弟踱来踱去，我在旁坐在一只小椅上呆呆地望着母亲，当时不知道这就是穷的景象，只诧异着母亲的脸何以那样苍白，她那样静寂无语地好像有着满腔无处诉的心事。妹仔和母亲非常亲热，她们竟好像母女，共患难，直到母亲病得将死的时候，她还是不肯离开她，把孝女自居，寝食俱废地照顾着母亲。

母亲喜欢看小说，那些旧小说，她常常把所看的内容讲给妹仔听。

她讲得娓娓动听，妹仔听着忽而笑容满面，忽而愁眉双锁。章回的长篇小说一下讲不完，妹仔就很不耐地等着母亲再看下去，看后再讲给她听。

往往讲到孤女患难，或义妇含冤的凄惨的情形，她两人便都热泪盈眶，泪珠尽往颊上涌流着。那时的我立在旁边瞧着，莫名其妙，心里不明白她们为什么那样无缘无故地挥泪痛哭一顿，和在上面看到穷的景象一样地不明白其所以然。现在想来，才感觉到母亲的情感的丰富，并觉得她的讲故事能那样地感动着妹仔。如果母亲生在现在，有机会把自己造成一个教员，必可成为一个循循善诱的良师。

我六岁的时候，由父亲自己为我"发蒙"，读的是《三字经》，第一天上的课是"人之初，性本善；性相近，习相远"。一点儿莫名其妙！一个人坐在一个小客厅的炕床上"朗诵"了半天，苦不堪言！母亲觉得非请一位"西席"老夫子，总教不好，所以家里虽一贫如洗，情愿节衣缩食，把省下的钱请一位老夫子。说来可笑，第一个请来的这位老夫子，每月束脩只需四块大洋（当然供膳宿），虽则这四块大洋，在母亲已是一件很费筹措的事情。我到十岁的时候，读的是"孟子见梁惠王"，教师的每月束脩已加到十二元，算增加了三倍。到年底的时候，父亲要"清算"我平日的功课，在夜里亲自听我背书，很严厉，桌上放着一根两指阔的竹板。我的背向着他立着背书，背不出的时候，他提一个字，就叫我回转身来把手掌展放在桌上，他拿起这根竹板很重地打下来。我吃了这一下苦头，痛是血肉的身体所无法避免的感觉，当然失声地哭了，但是还要忍住哭，回过身去再背。不幸又有一处中断，背不下去，经他再提一字，再打一下。呜呜咽咽地背着那位前世冤家的"见梁惠王"的"孟子"！

　　我自己呜咽着背，同时听得见坐在旁边缝纫着的母亲也唏唏嘘嘘地泪如泉涌地哭着。

　　我心里知道她见我被打，她也觉得好像刺心的痛苦，和我表着十二分的同情，但她却时时从呜咽着的断断续续的声音里勉强说着"打得好"！她的饮泣吞声，为的是爱她的儿子；勉强硬着头皮说声"打得好"，为的是希望她的儿子上进。由现在看来，这样的教育方法真是野蛮之至！但于我不敢怪我的母亲，因为那个时候就只有这样野蛮的教育法；如今想起母亲见我被打，陪着我一同哭，那样的母爱，仍然使我感念着我的慈爱的母亲。背完了半本"梁惠王"，右手掌打得发肿有半寸高，偷向灯光中一照，通亮，好像满肚子装着已成熟的丝的蚕身一样。母亲含着泪抱我上床，轻轻把被窝盖上，向我额上吻了几吻。

　　当我八岁的时候，二弟六岁，还有一个妹妹三岁。三个人的衣服鞋袜，没有一件不是母亲自己做的。她还时常收到一些外面的女红来做，所以很忙。我在七八岁时，看见母亲那样辛苦，心里已知道感觉不安。

　　记得有一个夏天的深夜，我忽然从睡梦中醒了起来，因为我的床背就紧接着母亲的床背，所以从帐里望得见母亲独自一人在灯下做鞋底，我心里又想起母亲的劳苦，辗转反侧睡不着，很想起来陪陪母亲。但是小孩子深夜不好好地睡，是要受到大人的责备的，就说是要起来陪陪母亲，一定也要被申斥几句，万不会被准许的（这至少是当时我的心理），于是想出一个借口来试试看，便叫声母亲，说太热睡不着，要起来坐一会儿。

　　出乎我意料的，母亲居然许我起来坐在她的身边。我眼巴巴地望着她额上的汗珠往下流，手上一针不停地做着布鞋——做给我穿的。这时万籁俱寂，只听到嘀嗒的钟声和可以微闻得到的母亲的呼吸。我心里暗自想念着，为着我要穿鞋，累母亲深夜工作不休，心上感到说不出的歉疚，又感到坐着陪陪母亲，似乎可以减轻些心里的不安成分。当时一肚子里充满着这些心事，却不敢对母亲说出一句。才坐了一会儿，又被母亲赶上床去睡觉，她说小孩子不好好地睡，起来干什么！现在我的母亲不在了，她始终不知道她这个小儿子心里有过这样的一段不敢说出的心理状态。

母亲死的时候才廿九岁，留下了三男三女。在临终的那一夜，她神志非常清楚，忍泪叫着一个一个子女嘱咐一番。她临去最舍不得的就是她这一群的子女。

我的母亲只是一个平凡的母亲，但是我觉得她的可爱的性格，她的努力的精神，她的能干的才具，都埋没在封建社会的一个家族里，都葬送在没有什么意义的事务上，否则她一定可以成为社会上一个更有贡献的分子。我也觉得，像我的母亲这样被埋没葬送掉的女子不知有多少！

# 丰子恺：我的母亲

中国文化馆要我写一篇《我的母亲》，并寄我母亲的照片一张。照片我有一张四寸的肖像，一向挂在我的书桌的对面。已有放大的挂在堂上，这一张小的不妨送人。但是《我的母亲》一文从何处说起呢？看看母亲的肖像，想起了母亲的坐姿。母亲生前没有摄取坐像的照片，但这姿态清楚地摄入在我脑海中的底片上，不过没有晒出。现在就用笔墨代替显影液和定影液，把我母亲的坐像"晒"出来吧！

我的母亲坐在我家老屋的西北角里的八仙椅子上，眼睛里发出严肃的光辉，口角上表出慈爱的笑容。

老屋的西北角里的八仙椅子，是母亲的老位子。从我小时候直到她逝世前数月，母亲空下来总是坐在这把椅子上，这是很不舒服的一个座位：我家的老屋是一所三开间的楼厅，右边是我的堂兄家，左边一间是我的堂叔家，中央一间是我家。但是没有板壁隔开，只拿在左右的两排八仙椅子当作三份人家的界线。所以母亲坐的椅子，背后凌空。若是沙发椅子，三面有柔软的厚壁，凌空原无妨碍。但我家的八仙椅子是木造的，坐板和靠背成九十度角，靠背只是疏疏的几根木条，其高只及人的肩膀。母亲坐着没处搁头，很不安稳。母亲又防椅子的脚摆在泥土上要霉烂，用二三寸高的木座子衬在椅子脚下，因此这只八仙椅子特别高，母亲坐上去两脚须得挂空，很不便利。所谓西北角，就是左边最里面的一只椅子。这椅子的里面就是通过退堂的门。退堂里就是灶间。母亲坐在椅子上向里面顾，可以看见灶头。风从里面吹出的时候，烟灰和油气都吹在母亲身上，很不卫生。堂前隔着三四尺阔的一条天井便是墙门。墙外面便是我们的染坊店。母亲坐在椅子里向外面望，可以看见杂沓往来的顾客，听到沸反盈天的市井声，很不清静。但我的母亲一向坐在我家老屋西北角里的这样不安稳、不便利、不卫生、不清静的一只八仙椅子上，眼睛发出严肃的光辉，口角上表出慈爱的笑容。母亲为什么老是坐在这样不舒服的椅子里呢？因为这位子在我家中最为冲要。母亲坐在这位子里可以顾到灶上，又可以顾到店里。母亲为要兼顾内外，便顾不到座位的安稳不安稳、便利不便利、卫生不卫生和清静不清静了。

我四岁时，父亲中了举人，同年祖母逝世，父亲丁艰在家，郁郁不乐，以诗酒自娱，不管家事，丁艰终而科举废，父亲就从此隐遁。这期间家事店事，内外都归母亲一人兼理。我从书堂出来，照例走向坐在西北角里的椅子上的母亲的身边，向她讨点东西吃吃。母亲口角上表出亲爱的笑容，伸手除下挂在椅子头顶的"饿杀猫篮"，拿起饼饵给我吃；同时眼睛里发出严肃的光辉，给我几句勉励。

我九岁的时候，父亲遗下了母亲和我们姐弟六人、薄田数亩和染坊店一间而逝世。我家内外一切责任全部归母亲负担。此后她坐在那椅子上的时间愈加多了。工人们常来坐在里面的凳子上，同母亲谈家事；店伙们常来坐在外面的椅子上，同母亲谈店事；父亲的朋友和亲戚邻人常来坐在对面的椅子上，同母亲交涉或应酬；我从学堂里放假回家，又照例走向西北角里的椅子边，同母亲讨个铜板。有时这四班人同时来到，使得母亲招架不住，于是她用了眼睛的严肃的光辉来命令，警戒，或交涉；同时又用了口角上的慈爱的笑容来劝勉，抚爱，或应酬。当时的我看惯了这种光景，以为母亲是天生成坐在这只椅子上的，而且天生成有四班人向她缠绕不清的。

我十七岁离开母亲，到远方求学。临行的时候，母亲眼睛里发出严肃的光辉，告诫我待人接物求学立身的大道；口角上表出慈爱的笑容，关照我起居饮食一切的细事。她给我准备学费，她给我置备行李，她给我制一罐猪油炒米粉，放在我的网篮里，她给我做一个小线板，上面插两只引线放在我的箱子里，然后送我出门。放假归来的时候，我一进店门，就望见母亲坐在西北角里的八仙椅子上。她欢迎我归家，口角上表出慈爱的笑容；她探问我的学业，眼睛里发出严肃的光辉。晚上她亲自上灶，烧些我所爱吃的菜蔬给我吃；灯下她详询我的学校生活，加以勉励，教训，或责备。

我廿二岁毕业后，赴远方服务，不克依居母亲膝下，唯假期归省。每次归家，依然看见母亲坐在西北角里的椅子上，眼睛里发出严肃的光辉，口角上表现出慈爱的笑容。她像贤主一般招待我，又像良师一般教训我。

　　我三十岁时，弃职归家，读书著述奉母。母亲还是每天坐在西北角里的八仙椅子上，眼睛里发出严肃的光辉，口角上表出慈爱的笑容。只是她的头发已由灰白渐渐转成银白了。

　　我三十三岁时，母亲逝世。我家老屋西北角里的八仙椅子上，从此不再有我母亲坐着了。然而我每逢看见这只椅子的时候，脑际一定浮出母亲的坐像——眼睛里发出严肃的光辉，口角上表出慈爱的笑容。她是我的母亲，同时又是我的"父亲"。她以一身任严父兼慈母之职而训诲我抚养我，我从呱呱坠地的时候直到三十三岁，不，直到现在。陶渊明诗云："昔闻长者言，掩耳每不喜。"我也犯这个毛病；我曾经全部接受了母亲的慈爱，但不会全部接受她的训诲。所以现在我每次在想象中瞻望母亲的坐像，对于她口角上的慈爱的笑容觉得十分感谢；对于她眼睛里的严肃的光辉，觉得十分恐惧。这光辉每次给我以深刻的警惕和有力的勉励。

# 曹聚仁：我的母亲

先父一生公私交集，超水准的劳顿，数十年中，每晚只有四小时的睡眠；年未五十，已经白发飘萧；五十四岁便谢世了。先母和他同年，高寿九十岁。先父在世时，我只觉得妈妈是那么软弱，在先父打骂中，她简直不敢反抗。直到先父谢世，先母和我们有了三十五年的长期相处，我才知道她是那么精明能干，通达情理，有的地方，还在先父之上。

先母刘氏（名香梅），在世的话，该已九十五岁了。她从十六岁来做曹家媳妇，到 1950 年春天离开家乡到上海来，整整六十年，她是蒋畈的守护者，她的"心""身"都是属于蒋畈的。她虽住在上海，可是她的梦，永远留在蒋畈。她和孩子们谈起什么来，那些都是属于蒋畈的故事。

先母本来也粗识文字，看得书报，会写家常书信。她住在上海时，我看她实在寂寞得可以，就开始教她认识注音符号，让她试着写拼音文字，用以记家乡的土语。我想，她熟悉了用国音拼土语就可开始写蒋畈的故事了。哪知，这一着并未成功：因为先母所拼的土语，难于正确，而且除了写给我一个人看，一家人都看不懂；她的兴致，一直提不起来，迁延复迁延，我所期待的拼音土语本的蒋畈故事集，她一直不曾写成；后来，我就南来了，这件事，也就不必再提了。

刘源便是先母的娘家，离蒋畈只有五华里。从前那位姓刘的祖先，要避世于此，称之为桃源（刘源溪以此得名）。不过，从刘姓的宗谱看来，那位北宋年代的祖先，他的儿孙，也都是务农的庄稼人，很少风雅之士；所以我们的外家，也很少有人知道有"桃源避世"的典故的。从刘源溪穷源而上，沿溪行，到了龙门张山，那是黄大仙（祁平）的老家。张山倒有点像宁都的翠微峰，曾经有强梁之徒想在这儿啸聚作寨，实在池塘太小养不了大鱼的。

沿刘源溪两岸大小村庄十余处，也都是种田的老百姓，也和蒋畈的祖先一样，都不会提笔杆的。（刘姓的远房，住在兰溪北乡的，清末有一位翰林，即刘治襄丈，以能文名于时，却和刘源溪不相干了。）

先母来归时，先父还是务田农夫，地地道道的耕读。我们的家境稍微好一点，也只是免于饥寒而已。先父考取了秀才，创办了育才小学，在我们曹家，当然是一场大变动，先祖母第一回被人称之为"太师母"，一脸通红，好似初登大宝受十方礼拜，有些出乎意外的。先父中秀才的第三年，先祖父母相继逝世，蒋畈的全副担子都落在家母肩上来了。先父一心一意做外面的事务，家务自非先母一人担当不可。她自己烧饭洗衣，提抱了我们兄弟两人，再干活；一面要供应田间长工们的饮食，一面又要安排泥水木匠们的膳宿；她一个人就担起了三份工作。

她身材矮矮的，却有着饱满的精神，好似这份精力是用不完的。说起来，曹家的媳妇都是能干的，曾祖母钟氏、祖母唐氏的口碑早已载道。家母的一生，或许比她们更能干些呢！

先父在世时，我们只觉得家母十二分软弱，几乎不敢有点自己的主张，她是先父的十足顺民。先父逝世以后，我们才知道先母是十分能干的。她处事很有决断，见理甚明，说话很有分寸，她是见过大场面的人。先父猝遇什么事故，开头也很慌张；可是，沉静地考虑了一回，理出了头绪，下了决心，那就不动如山，非做成功不可了。先母态度很沉着，善于应付，手腕也比较圆滑一点。这都是我在近三十多年中所体会得的。

我看先母的精明能干，乃是从先父那个大环境中训练出来的，而她记忆力之强，理解力之敏捷，则得之于遗传。我们兄弟姊妹几个人，似乎缺少一种外家的温暖，所以对外家先前的情形都不十分了了。大概家母出嫁时，外家的经济情形还不错。外祖父也和先祖父一般，挣得了一份田地，可以过活的。我们的舅父，该是第一等的聪明人，给外祖母纵容得过度了，一直不肯治正务，做耕稼的事；那份田地，便在抽烟和赌博上垮完了。到了我有了知识，外家产业都已败光了；外祖母一直留住在我们的家中，我们便没有机会到外家去过"外甥"的生活。先父逝世以后，我才慢慢地对外家情形了解起来，从我们那一群表兄弟的智慧力看来，外家这一血统的生命力是丰富的。那些表兄弟，都没有读书的机会，外家环境，一年坏似一年，他们很早就到社会去谋生；他们所表现应付环境的能力，都是十分精明，十分敏捷，家母的精神，该说一半得之于外家遗传。

家母来归时，先父还不懂得珠算，这一份知识，先父正是从闺中得来的。外家那一系列的人，除了舅母外，在心算上所发挥的迅速、正确性，比我们用笔算的高明得多。家母识字虽不多，但她运用那些词语，却十分适当；她自己动笔写的信，句句中肯，十分恳切。我南来香港，家信中有这么两句训示的话："钱不可不用，却不可乱用。"许多老一辈的人只知道叫后辈"钱不可乱用"，却不懂得"不可不用"的意义。友人看了大为赞叹："老曹，你真幸福，有个八十岁老母教教你！"

先母总替先兄可怜，因为先父苛责先兄十分严厉，时常打他骂他，先兄显得十分老实。先母总以为先兄一定能安分守己、循规蹈矩的。哪知先兄自先父谢世，便一变所为，变得最不安分守己，什么都不循规蹈矩；而晚年生活之艰苦，结局之悲惨，都非我们所能预料的。我时常对先兄说："你本来是钱塘江上的船老大，碰到的只是七里泷中的风波；可是，眼前你驾驶大轮船在海洋上行驶，又当风狂雨骤的季节，你是应付不了的。"先母是不相信先兄会有覆舟之祸的。先兄牺牲之后，我们一直不把噩耗说给先母知道，让他永远活在她的梦中。我的妹妹，那是先母的心头肉，她的样子跟先父也十分相似。她的现实手法，很高明，假使先兄处世有她一半的才能，也许会有很大的成功。她可说是非常男性的。至于我自己，一进入社会去做事，就是这么缩头缩脚，小心谨慎，既不敢放胆闯天下，又不甘俯首让人驱策，诚非先父所及料，也出乎家母的意料的。

先母逝世，已经五年了。我好几回想提笔写一篇《我的母亲》，也想如归有光写《项脊轩记》那样写一篇《蒋畈的老屋》，都不曾写好。倒是珂云，她写了一篇《他的母亲》，却描述得十分真切。我且节用几段有分量的文字：

　　他的母亲，孩子们的祖母，我的婆婆——婆婆习惯上却是孩子们对她的称呼，我依着聚仁的称呼称她为妈妈的。婆婆姓刘，小名香梅。她和我们在一起生活，已经五六年了。我和孩子们都没到聚仁的家乡——浦江；她的话，那一角上的土话，慢慢地，我们已能懂得八九成；不过彼此的意思都能完全了解；她也常常为我们谈些家乡的往事。有一回，她忽然谈起她自己出生那一天的事：她的家离蒋畈五华里，乃是刘源溪谷中的小村落——刘源。（这儿，就拿蒋畈作中心来说的了。）我们的外公家里只种几亩田，虽不至于挨饿，生活却也相当清苦，外婆先养了一男七女。农家重男轻女，生了女孩，不是丢掉，就是病死。婆婆是外婆的第四胎，上面已有一个哥哥两个姊姊；她的降生，在外婆心头是十分不高兴的，因为又是一个女的，"赔钱货，十八年堂前客"。——在农村，女孩是替人家养的，早晚要替女孩子梳头裹脚，耽误了许多田间工作的。婆婆出生那一刻，外公在田野工作未归，由隔邻一位老婆婆接生。外婆睡在床上，一听说这孩子是女的，就说："丢在脚后跟，随她吧，不用包。"她是决意不要这位闯来的小客人了。隔邻老婆婆听了，自觉没趣，一声不响地回去了。不一会儿，外公来了；那天是农历七月廿一日，正当秋收时节，他挑了一担刚打下的稻谷，兴冲冲地从田里回来。见了孩子就说："饭是有得吃了，包起来吧！"他再去请那隔邻的老婆婆过来。想不到她后来嫁到曹家来，开花结子；曹家数代单丁，门衰祚薄，从聚仁一代起，儿孙已有三四十人了。

我生长在城市，对农村生活，实在非常隔膜；直到抗战军兴，才离开上海，到大后方农村去，这才嗅到了泥土气息。我的婆婆，正是泥土味很重的农村中人。

# 张闻天：飘零的黄叶

妈妈：

现在已经是冬夜的十二点钟了。四周围都被无穷的黑暗所包围着。在这黑暗中间，我所听到的，除了西北风的怒号与雨点打在芭蕉叶上的声音之外，什么都听不到了。人们已经都到睡梦中、被窝里去找求他们的安慰与温暖了。陪伴着我的，只有一盏半明不灭的洋油灯与几本破旧的外国书罢了。寒风从门缝窗隙中吹进来，如像尖刀一般直刺到我的心里，使我发生一种不可言说的颤抖。

妈妈，在这个时候，你的慈祥的面影，如像幽灵一般又在我的眼前显现了。

唉，我们十年不见，相隔有数千里路远的，我的亲爱的妈妈，我现在不能不强打精神，拉到几张破纸，提起一支秃笔，来给你写信了。

妈妈，自从我们因为那一件事发生了冲突，我因而愤愤地离开了家庭，我们应该怎么宝贵怎样热爱的家庭以来，世变已经经过得不少了。我自从那时以后，始终没有给你写过一封信，始终没有告诉你我所做的事与我所到的地方，但是从我的朋友的口中，我时时听到怎样妈妈因为想念我，几晚上没有睡着，怎样妈妈因为忘不掉她的叛逆的儿子，老眼中时时流泪，那些报告。妈妈，你不要以为你的长虹是一点心肝都没有的，一点母子之情都没有的人，你不要以为你的长虹是一只野兽，或是一个恶鬼，毫不知道人间的真情为何物，或者竟是以怨报德的东西。不，不，他听到了那些消息，他也曾几晚上没有睡过，他也曾流过眼泪，他也曾想身上立刻生出两只翅膀来，飞到你的怀抱中，不过他不情愿把这种痛苦告诉人家，使人家把这种消息传达给你，使你听到了更增痛苦罢了。

妈妈，我知道，我十二分地知道，妈妈是爱我的，妈妈是真心爱我的，那件事不但不足以证明妈妈的不爱我，而且反足以证明妈妈是十二分爱我的。我不知道妈妈花费多少心血才替我找到了一个配偶，劳了多少神才把事情办得那样妥帖，我想妈妈如若没有"我是在替长虹谋幸福"的念头在心上，决不肯做这样大的牺牲吧。妈妈，你记得吗？当时我不知道向你说了几句什么不愿意你为我这样操心的话，妈妈只是说："你的事用不到你来管，我们将来替你把事情办好了，你尽管来享福好了！"妈妈这种一心一意为儿孙谋幸福的精神，我就是到死也不能忘掉的！

唉，我想到这里，我对于无情的上帝，不免要发出一种不自觉的诅咒了。只要他把我生早几十年，那时旧礼教还有控制一切的权威，幼小者对于长者的命令只知绝对地服从，我那时就将多幸福？或是他把我生后几十年，那时新道德的条规已经成立，个人的事都由个人经管，不用第三者的干涉，我那时就将怎样幸福？不论是那样或是这样，我的生活就将如平静的湖面一般，一点风浪都没有，就安安宁宁过去了。可是他偏不那样，他偏偏把我生在这个新旧交替的时期。但是生在这个时期，他如若把我造成一个平庸偷闲的俗人，一个只知谋金钱增多，地位加高，或名誉四扬的人，那也罢了，他偏偏把我造成这样一个敏感而且好高的人！我的上帝，我怎能不来诅咒你？虽是我知道我的妈妈是敬事你的。

一点点个人的自觉，一点点时代的新思潮（我都诅咒它们！），使我觉得妈妈对于我的婚姻大事这样做去，是蔑视我个人的人格，是不承认我是一个有意志有情感的"人"。这种感觉在我的心中产生一种不能控制的反叛冲动，这种反叛冲动，更因为妈妈对它的不了解，终究把我从你的怀抱中拉开去了。当时我真像一个战士（至少我自己以为是一个战士），不顾一切，冲到人生的战场上，把一柄利剑舞得像瑞雪一般，大有挡我者死、顺我者生之概。但是就是在那个时候，我对于妈妈，我敢赌着咒说，始终没有过一点怨恨的心思，始终没有一刻忘记过。我常常对自己说："妈妈这样做并不是不爱我，妈妈是因为太爱我了，所以才这样做的，我怎能因为妈妈受了幼时社会思想与礼教的毒，就怪到我的妈妈呢？"妈妈，我为了服从我自己的光明，不服从妈妈，离开了你，使你长怀念子之心，固然是我的不孝，但是我的苦心妈妈也能谅解吗？

"服从我自己的光明"，似乎我在那时真有什么光明服从的！其实那时的所谓光明不过由那少年时代的自傲心与找求理想的力所产生出来的幻想罢了。妈妈，我在这幻想中间所受的苦难，决不是你所能想象出来的罢。

自从离开了你的膝下，妈妈，我在这人生的战场上始终为了生活与恋爱两大问题而奋斗着。唉，"你生就一副贱骨头，决不是有福的东西！"这是爸爸（祝福他在天之灵！）每当我闹架的时候常用来骂我的一句话。真是不错，爸爸的话断定了我的终身！我这种敏感好高而且不肯奉迎他人的天性，在现代生存竞争场中完全是失败了。我曾经当过商店的学徒、管账先生、小学教师、新闻记者、秘书官与革命暴徒，结果总是和人家相骂而去。在失业的期间，我曾经喝过西北风，吃过冷水，在人家屋檐底下、猪舍的旁边睡过晚觉，在冬天下雪的时候，我曾经在雪地里死而复醒者有好几次。一直到现在还是一肩行李，两袖清风，靠着一支秃笔度着这种艰难困苦的生活。妈妈，你如若知道你的长虹为了生活问题而受的痛苦，你老眼中的眼泪恐怕还不够流呢！

唉，世路艰难，人心险恶，你纵有坦白的胸怀，聪明的脑筋，远大的企图，高尚的人格，有谁来欣赏你赞美你呢？妈妈，我并不想在你的面前夸口，只要我肯把心肠绞得硬些，肯暂时放弃我的幻想，富贵功名，真是易如反掌。但是，我妈妈的儿子肯这样做吗？为了服从自己的光明而离开我妈妈的人，肯这样做吗？我如果要幸福，我还肯离开了安宁和乐的家庭到这风涛险恶的人生的战场中来吗？

妈妈，在这生活的苦斗中，我每当从这一个失败到那一个失败，从这一条坏的路上到那一条更坏的路上时，我常常想奔到你的怀抱中，找求失望的安慰与创伤的镇痛剂。我那时觉得人们都是虚伪的、恶毒的、冷淡的，就是最纯洁的恋爱中间也充满了金钱与地位的臭味，只有妈妈的爱是永远不变永远伟大的。唉，妈妈，在我的病榻上，在我的酒醉时，我不知道有多少次喊过你，多少次因为想念你而痛哭过。但是这不可压抑的自傲心与这青春的力，永远推动着我，使我征服了失望痛苦的压迫，揩干了自己脸上的眼泪，再接再厉地向着那不可知的紫霞中走去！因为我是我，所以我虽曾这样想，却始终没有奔到过妈妈那里，来安慰妈妈并且来安慰我自己！

　　唉，往事如梦！过去的许多事除了它们把一点一点的伤痕留在我的心上之外，现在什么都已不大清楚了。妈妈，我当初离开你，不是因为争着那一点恋爱的自由权吗？恋爱应该自由，这是我一直到现在还是确信着的。但是在这茫茫的世界上，一切所谓恋爱都不过是偶然的巧合罢了。一男一女因为几次的见面就"恋爱"了，后来就"结婚"了，他们在同一张床上睡了几十年，他们可曾知道他们有过共同的梦想没有？他们相互间有过一点无私的真爱、同情与怜悯没有？他们可曾了解了对方的思想与情感没有？他们原来是陌生人，就是到他们老死了，被葬在一起的时候，他们还是两个漠不相关的人，不过他们各人的欲望借着对方而满足罢了。妈妈，这就是所谓恋爱，是你的找求光明的儿子所能满意的吗？

　　在恋爱场中，我亲爱的妈妈，我的失败更加可怕了。唉，诅咒而且赞美那少年时代的不可破灭的幻想罢，它把平凡的人物着了一层天才的浪漫的色彩，他热爱他自己的幻想如像一件真的东西，他拜倒在它的脚下要求它的同情与了解，似乎它的一举一动都足以指挥他的全生命似的，一切抒情的恋歌也在那个时候歌唱了出来。人生是多么的美丽，多么的浪漫！

可是事实的存在是没法否认的，它用铁杖猛击着，它用狂笑嘲弄着你的幻想，一次不破以至两次三次，一直到使你对于一切的真相不能不承认之后，使你从希望的山巅坠落到绝望的深谷。在那时他一定觉得世界的完全黑暗，人生真是冷酷无情到极点的东西，他要从他的痛苦的心里发出悲哀的喊声与绝望的诅咒。但是这有什么关系呢？如若他这一次的颠仆没有折断他的脚骨，或者损毁他的腰杆，他一定还要站起来，望着山峰上紫色的烟霞，发出向上的思想。妈妈，我们再来赞美而诅咒那少年时代的不可破灭的幻想罢。

哟哟，十年的光阴，在幻想的产生与破灭的重复中间，很快地过去了。"茫茫宇宙，黑暗如漆！"一直到最近我方才知道我所找求着的东西除了在我的幻想中存在以外，在其他的地方是没有的。我自从发现了这条真理以后，我的生命像骤然失了依据似的，一天一天沉沦下去了。我整天整晚地在外面街道上无目的地奔跑，如像一只失了路的野马；我整日地坐在酒馆子里茫然地喝着酒，不知道为了什么。世界上已经没有理想的存在，那么我的存在究竟是为了什么？难道因为世界上食物太多所以老天特地把我生下来去吃它的吗？唉唉，世界上已没有理想，何以要生下像我这样一个找求理想的人？妈妈，我看老天的行动是多么的矛盾呀！

妈妈，我为了人生这个根本问题，曾经两次萌过自杀的念头，但是一次自然界的美救了我，还有一次，我亲爱的妈妈，你救了我。妈妈，如若没有你，你的长虹早已如一个黑影一般在这个无理无情的宇宙中消灭了。

记得有一天晚上，我在这里城外一个小酒馆里喝了一阵酒，觉得愈喝愈发苦闷了。恨恨地出了店门，跨上了引导到嘉陵江边的小道。那时路上行人已经差不多没有了。凄凉的月光照着高高低低的荒冢，远地的群山，隐隐约约地在深碧的上空画出了优美的曲线，细微有些寒意的秋风吹着道旁的竹林飒飒地响。一切都静寂而且清朗。我踏着月光在小道上走着时，烦闷的心也一点一点地清明了。来到嘉陵江时，我的精神上如像洗了一般，什么痛苦都没有了。俯瞰嘉陵江如像一条银色的白练，急激的流水冲在石上的声音时时从那里传达上来，留在我的心上，如像妈妈的安慰。我这样地在那里呆立了一点多钟，才一声不响地回到寓所的被窝里躺下，心中感觉着不可言说的快乐。

还有一次我不知道怎样跑到了一处断崖的旁边，呆呆地立在那里，心中只觉得只要往下一跳就什么都完了，一切烦恼痛苦都就在这里得到一个总解决。忽然妈妈慈祥的面孔在我的前面出现了，那时妈妈似乎带着责备与劝告的神气对我说："长虹，你不应该把我给你的身体这样的牺牲呀！你如若爱你妈妈的，你应该做出一点事来证明你的爱才对！"妈妈，虽是我不知道你看着你的儿子要自杀的时候，是不是这样说，但是在那时，你的慈祥的面影，已经足以把我从绝望的中间挽救转来了。妈妈，在你的老年人的梦中，你可曾梦到这样的一件事没有？

自从这两次的自杀失败以来，我生了一场大病，昏迷了几天，现在虽是病体已经痊愈，身上却还是感到异常的软弱。但是我对于人生的最后的态度，也在这个疾病的时期内决定了。妈妈，请你不要替我着急，我现在不再想自杀了，我将以更加确定的态度去重新生活过，我将以更大的决心去创造人生的真意义！

妈妈，你看到这里，一定要以为你的长虹以后将回心转念，好好在社会上做一个人了，你的长虹在外面受了这样的苦难，一定要回到家里来过安宁快乐的生活了。如若你这样想，你是不了解我们少年人的性情的，你是不了解你的长虹的。长虹对于以前种种并没有丝毫的反悔，长虹以后将更加坚决地去负起找求光明的使命了。妈妈，长虹虽是将接受贫穷的漂泊的流浪者的命运，但是他对于找求人生真意义的努力是决不肯有一步放松的。

妈妈，我决不后悔我以前所做过的一切事，我觉得它们在我的生活史上自有它们的价值，但是我对于它们实在太不满意了，我太近视了，我太懦弱了。我为什么要因为得不到满意的生活、真正的恋人而至于绝望自杀？我为什么不肯接受世界上没有满意的生活与真正爱你的人的这件事情？总之一句，我为什么不肯如实地接受这人生呢？

妈妈，我现在认定人生的目的是在创造人生，我的使命就是这个。我不知道什么叫作幸福。妈妈，"幸福"这个字在你老人家的心中是不是等于有好的衣食住与和善的妻子呢？但是一个人有了好的衣食住（假定他对于妻子是完全满意了！这当然是不会有的），我还想去找到更好的，在这种求的中间，他有什么幸福没有？即使他对于人生的一切完全满足了（这在世界上当然不会有的！），但是满足就是生命的活动的衰竭，就是死的征候，其中有什么幸福没有？妈妈，"生就一副贱骨头"的你的长虹，与其过那种所谓安适的、舒服的与幸福的日子，毋宁永远过这种贫穷的、压迫的与流浪的生活。妈妈，请你不要替我忧虑，伤了你的应该宝贵的身体。这种生活是我愿意这样过而过的，我决不要任何人替我负丝毫的责任！

妈妈，贫穷的、压迫的与流浪的命运，我已经决意去接受了，我将从这种生活中间去发现而且去创造出人生的真意义来。我相信，我永远地相信，人生虽是到处充满了黑暗，但是在这黑暗的中间，时时有一点点光明闪耀着。不过从前因为我的眼睛被自己的幻想所封闭，没有看清楚这种闪光究竟含有什么意义，不肯去接受罢了。以后，我亲爱的妈妈，你的长虹，将认真地要开始做一个无私的、光明的找求者了。他将把那一点光明拿来，高举在无穷的黑暗中间。妈妈，他更将借你精神上的帮助，自己变做光明，照彻这黑暗如漆的世界！

妈妈，我的漂泊，也许是不能长久的，因为我的身体向来就不大好。我也许会倒毙在路旁，如像一只死狗。但是这有什么关系？难道老天生我时，对于死也要我自己负责吗？

我亲爱的妈妈，请你不要可怜我，我写这封信并不是要求怜悯的，我是因为想念妈妈而且因为要妈妈高兴，所以这样写的。我是在告诉你，在这十年内你的长虹做了些什么，以后他又将做些什么。从此以后，他将不再写信给你，不再告诉你他所做的事与所到的地方，因为他也有他的使命要服从。就是你现在自以为从前的办法不对，一切事由我主张，也已经太晚了。不过，我亲爱的妈妈，只要你一想到你的长虹是在这个黑暗的世界上为了光明、为了真理而苦斗时，我希望你揩干了老年人的眼泪，面上能够露出一点微笑，觉得你生下一个长虹到世上来不是完全没有意义的。这样，我虽是不能看到你，我的心也可以得到无穷的安慰了。

我亲爱的妈妈，在我死之前，我也许还要写一封信给你罢，那是我现在所不能知道的。再见了，我亲爱的妈妈，我将永远记到你，我也请你永远记到我。

临了，我再请求你不要替我悲伤，不要可怜我，我反请求你庆祝我的再生！

妈妈，我们别了，我抱吻你！你的儿子长虹！

# 谢冰莹：两块不平凡的刺绣

自从我的墙壁上挂着两块特别雅致的湘绣以后，觉得这间四席半的小房间里，充满了光辉和安慰。那是先母手绣的纪念品，一针一线都深藏着她的青春和热情。每天我都要看好几次，看得愈久，愈会觉得这些花朵、狮子、鱼、龙都是活生生地在那里跳，在那里动。这完全是旧式的枕头花，绣在浅黄的绫子上面，美丽极了。

第一块，绣的是"鲤鱼跳龙门"，右角是一尾形态活泼的鲤鱼；左角是一条张开大嘴的黄龙；左右上角都是绣的绿荷叶、红莲花；当中绣些什么？我想了很久说不出名字来，好像是香炉，但又觉得不对，有一天，翔云来了，我请她看，她立刻认出来那是"如意"。另一幅是两个狮子在滚绣球，上面左右两角也都是绣的莲花。如果用乡下人的眼光看来，上面那一幅是"鲤鱼跳龙门，万事如意"，下面那幅是"狮子滚绣球，步步生莲"。再仔细观察，狮子的头上各有一个"王"字，那眼睛和爪子完全和活的一样；颜色配得那么调和，那么雅致；绣工更是精细极了，好像用刀子切齐的一般。记得我八九岁的时候，母亲常常把它拿出来给姊姊看，一面说：

"这是我十五岁的时候绣的，没有人教给我，我只向人家借了花样来，就自己配颜色开始一针一针地绣。后来绣成了，谁见了都说好，我就舍不得用，一直放在箱子里。如今拿给你看看，我并不苛求，只要你能绣得和这个一样，我就心满意足了。"

姊姊把这两块刺绣接过来，摇了摇头说："妈，我没有您聪明，我怕绣不好。"

"绣不好，没有关系，要紧的是：你要肯虚心学习，不要畏难，不要希望一步登天，要慢慢地学。只要你能虚心，肯专心，有恒心，下决心，不论什么事，都可以做成功。"

一听到母亲说出一大堆"心"来，我们都笑了。

"你妈妈是个天才艺术家，无师自通。她随便画什么像什么，这种天才，我们是无法学习的。"那位教姊姊刺绣的"花娘"这样夸奖母亲。母亲听到后，那种又高兴又觉得难为情的姿态，实在太美了！

也许是姊姊真的听从母亲的话，很专心地在学，或者她也有几分刺绣的天才和耐心，后来她绣门帘、帐帘、枕头、被面等等，也都是栩栩如生，惟妙惟肖，和母亲的手艺一样高明。

"妈，我反对姊姊整天关在小房间里绣花，把一双好好的眼睛都变成近视了，她从早到晚坐着不动，总有一天会病倒的。"我开始替姊姊打抱不平，向母亲挑战。母亲用严厉的眼光望了我一下说："小孩子懂得什么！刺绣是一种艺术，也是一种技能，她学会了这一套，一辈子的生活就不成问题了。凡是人，都应该学有专长，不要弄得男人肩不能挑，手不能提，女人不会拿针线，煮饭菜，那不是完全成了寄生虫，只能坐以待毙吗？”

母亲喜欢用成语来教训儿女，有时用错了，惹得爸爸和哥哥们大笑起来。遇到这种场合，她非常有修养，一点也不生气，反而笑嘻嘻地给自己解嘲：“有什么关系，人非圣人，孰能无过？说错了，你们应该好好告诉我，讥笑人家是最不礼貌的。”于是大家都不敢再笑了。

二十六年的春天，母亲逝世以后，嫂嫂和姊姊都在想着要分一点母亲的遗物做纪念。她们在打开母亲的箱子、柜子，翻这个，寻那个；只有我怀着满腔的悲痛，不再入她的房间。马嫂一连叫我好几次，我都不肯进去，后来我想：除了母亲的相片，我能永久带在身边外，便没有一点其他的纪念物了。于是我挑选了这两块枕头和一对银耳环，后来姊姊又给了我几样翡翠的小坑意儿，可以镶耳环，也可以镶戒指。好几次我穷得没有办法，很想把它变成钱；但一想到这是母亲留下的纪念品，就不忍心卖掉了。这些东西也许是外祖母遗留给母亲的，将来我又留给孩子，如此一代又一代，直传到几百年几千年，那时候，这几件东西就成为有价值的古董了。

其实，我认为母亲遗留给我的不是物质，而是她那直爽、痛快的性格，和不屈不挠的精神。她老人家外表严厉，而内心慈祥。无论做一件什么事，不论大小，必使它成功，不许失败。不过为了我的逃走出来求学，参加北伐，是她认为管教我最失败的地方。这件事，虽然使她深深地感到痛苦，但当父亲把我写的几部作品递到她的手中时，她嘴里骂着"我不要看这些东西！"，而眼睛里却饱含着喜悦的泪珠。唉！母亲，您在世的时候，我不知惹您生过多少气，累您操过多少心；如今我自己也有了儿女，遇到他们淘气的时候，我也会伤心得流泪，这时我立刻想起您来。母亲呵！我太对不住您，我要向您深深地忏悔。求您在天之灵饶恕我的固执和自私。

为了这两块不平凡的刺绣，为了这是我母亲留下的最有价值的纪念品，十八年来我一直把它带在身边；不论在炮火连天的前线，或者在敌机轰炸的后方，我总是把它看作和我的生命一般重要。

自从一星期以前，我把母亲亲手绣的这两块枕头花裱好，装于镜框里，挂在我的卧室以后，每天日夜我总要站在镜框前面静默几分钟。我由这些调和的色彩、精细的刺工、优美的技巧里，领悟了母亲的聪明与忍耐，也了解了母亲的思想和毅力，更体会了母亲温暖的爱抚。母亲的倩影，仿佛从这些刺绣里，慢慢地扩大起来，她紧紧地抱住了我，亲切地对我说着："孩子，只要你能虚心，肯专心，有恒心，下决心，不论什么事，都可以做成功！"

我的视线模糊了，拥抱着我的不是母亲，而是可怕的空虚和悲哀，终于我滴下了两颗热泪。

抬起头来，我像儿时一样，用手背擦干了泪痕，我呆呆地凝视着"鲤鱼跳龙门""狮子滚绣球"两幅绣画。

母亲呵，您没有死，永远活在女儿的心中。

# 史铁生：合欢树

　　十岁那年，我在一次作文比赛中得了第一。母亲那时候还年轻，急着跟我说她自己，说她小时候的作文作得还要好，老师甚至不相信那么好的文章会是她写的。"老师找到家来问，是不是家里的大人帮了忙。我那时可能还不到十岁呢。"我听得扫兴，故意笑："可能？什么叫可能还不到？"她就解释。我装作根本不再注意她的话，对着墙打乒乓球，把她气得够呛。不过我承认她聪明，承认她是世界上长得最好看的女的。她正给自己做一条蓝地白花的裙子。

　　二十岁，我的两条腿残废了。除去给人家画彩蛋，我想我还应该再干点别的事，先后改变了几次主意，最后想学写作。母亲那时已不年轻，为了我的腿，她头上开始有了白发。医院已经明确表示，我的病情目前没办法治。母亲的全副心思却还放在给我治病上，到处找大夫，打听偏方，花很多钱。她倒总能找来些稀奇古怪的药，让我吃，让我喝，或者是洗、敷、熏、灸。"别浪费时间啦！根本没用！"我说，我一心只想着写小说，仿佛那东西能把残疾人救出困境。"再试一回，不试你怎么知道会没用？"她说，每一回都虔诚地抱着希望。然而对我的腿，有多少回希望就有多少回失望，最后一回，我的胯上被熏成烫伤。医院的大夫说，这实在太悬了，对于瘫痪病人，这差不多是要命的事。我倒没太害怕，心想死了也好，死了倒痛快。母亲惊惶了几个月，昼夜守着我，一换药就说："怎么会烫了呢？我还直留神呀！"幸亏伤口好起来，不然她非疯了不可。

后来她发现我在写小说。她跟我说："那就好好写吧。"我听出来，她对治好我的腿也终于绝望。"我年轻的时候也最喜欢文学。"她说。"跟你现在差不多大的时候，我也想过搞写作。"她说。"你小时候的作文不是得过第一？"她提醒我说。我们俩都尽力把我的腿忘掉。她到处去给我借书，顶着雨或冒了雪推我去看电影，像过去给我找大夫、打听偏方那样，抱了希望。

三十岁时，我的第一篇小说发表了，母亲却已不在人世。过了几年，我的另一篇小说又侥幸获奖，母亲已经离开我整整七年。

获奖之后，登门采访的记者就多，大家都好心好意，认为我不容易。但是我只准备了一套话，说来说去就觉得心烦。我摇着车躲出去，坐在小公园安静的树林里，闭上眼睛，想：上帝为什么早早地召母亲回去呢？很久很久，迷迷糊糊的，我听见回答："她心里太苦了。上帝看她受不住了，就召她回去。"我的心得到一点安慰，睁开眼睛，看见风正从树林里吹过。

我摇车离开那儿，在街上瞎逛，不想回家。

母亲去世后，我们搬了家。我很少再到母亲住过的那个小院儿去。小院儿在一个大院儿的尽里头，我偶尔摇车到大院儿去坐坐，但不愿意去那个小院儿，推说手摇车进去不方便。院儿里的老太太们还都把我当儿孙看，尤其想到我又没了母亲，但都不说，光扯些闲话，怪我不常去。我坐在院子当中，喝东家的茶，吃西家的瓜。

有一年，人们终于又提到母亲："到小院儿去看看吧，你妈种的那棵合欢树今年开花了！"我心里一阵抖，还是推说手摇车进出太不易。大伙就不再说，忙扯些别的，说起我们原来住的房子里现在住了小两口，女的刚生了个儿子，孩子不哭不闹，光是瞪着眼睛看窗户上的树影儿。

我没料到那棵树还活着。那年，母亲到劳动局去给我找工作，回来时在路边挖了一棵刚出土的"含羞草"，以为是含羞草，种在花盆里长，竟是一棵合欢树。母亲从来喜欢那些东西，但当时心思全在别处。第二年合欢树没有发芽，母亲叹息了一回，还不舍得扔掉，依然让它长在瓦盆里。第三年，合欢树却又长出叶子，而且茂盛了。母亲高兴了很多天，以为那是个好兆头，常去侍弄它，不敢再大意。又过一年，她把合欢树移出盆，栽在窗前的地上，有时念叨，不知道这种树几年才开花。再过一年，我们搬了家。悲痛弄得我们都把那棵小树忘记了。

与其在街上瞎逛，我想，不如就去看看那棵树吧。我也想再看看母亲住过的那间房。我老记着，那儿还有个刚来到世上的孩子，不哭不闹，瞪着眼睛看树影儿。是那棵合欢树的影子吗？小院儿里只有那棵树。

院儿里的老太太们还是那么欢迎我，东屋倒茶，西屋点烟，送到我跟前。大伙都不知道我获奖的事，也许知道，但不觉得那很重要；还是都问我的腿，问我是否有了正式工作。这回，想摇车进小院儿真是不能了，家家门前的小厨房都扩大，过道窄到一个人推自行车进出也要侧身。我问起那棵合欢树。大伙说，年年都开花，长到房高了。这么说，我再也看不见它了。我要是求人背我去看，倒也不是不行。我挺后悔前两年没有自己摇车进去看看。

我摇着车在街上慢慢走，不急着回家。人有时候只想独自静静地待一会儿。悲伤也成享受。

有一天那个孩子长大了，会想起童年的事，会想起那些晃动的树影儿，会想起他自己的妈妈，他会跑去看看那棵树。但他不会知道那棵树是谁种的，是怎么种的。

# 梁晓声：母亲，我不识字的文学导师

　　1949 年 9 月 22 日，我出生在哈尔滨市安平街一个人家众多的大院里。我的家是一间半低矮的苏联房屋。邻院是苏联侨民的教堂，经常举行各种宗教仪式。我从小听惯了教堂的钟声。

　　父亲目不识丁。祖父也目不识丁。原籍山东省荣成县温泉寨村。上溯十八代乃至二十八代三十八代，尽是文盲，尽是穷苦农民。

　　父亲十几岁时，被生活所逼迫，随村人"闯关东"来到了哈尔滨。

　　他是我们家族史上的第一个工人，建筑工人。他转折了我们这一梁姓家族的成分。我在小说《父亲》中，用两万余纪实性的文字，为他这一个中国的农民出身的"工人阶级"立了一篇小传。从转折的意义讲，他是我们家族史上的一座碑。

　　父亲对我走上文学道路从未施加过任何有益的影响。不仅因为他是文盲，也因为从 1956 年起，我七岁的时候，他便离开哈尔滨市建设大西北去了。从此每隔两三年他才回家与我们团聚一次。我下乡以后，与父亲团聚一次更不易了。在我的记忆中，父亲是反对我们几个孩子"看闲书"的，父亲常因母亲给我们钱买"闲书"而对母亲大发其火。家里穷，父亲一个人挣钱养家糊口，也真难为他。每一分钱都是他用汗水换来的。父亲的工资仅够勉强维持一个家庭最低水平的生活。

母亲也是文盲。但母亲与父亲不一样，父亲是个崇尚力气的文盲，母亲是个崇尚文化的文盲。对我们几个孩子寄托的希望也便截然对立，父亲希望我们将来都能靠力气吃饭，母亲希望我们将来都能成为靠文化自立于社会的人。希望矛盾，对我们的教育宗旨、教育方式便难统一。父亲的教育方式是严厉的训斥和惩罚，母亲对我们的教育则注重在人格、品德、礼貌和学习方面。值得庆幸的是，父亲常年在大西北，我们从小接受的是母亲的教育。母亲的教育至今仍对我为人处世深有影响。

母亲从外祖父那里知道许多书中的人物和故事，而且听过一些旧戏，乐于将书中或戏中的人物和故事讲给我们。母亲年轻时记忆力强，什么戏剧什么故事，只要听过一遍，就能详细记住。母亲善于讲故事，讲时带有很浓的个人感情色彩。我从五六岁起，就从母亲口中听到过《包公传》《济公传》《杨家将》《岳家将》《侠女十三妹》的故事。母亲是个很善良的女人。善良的女人大多喜欢悲剧。母亲尤其愿意、尤其善于讲悲剧故事：《秦香莲》《风波亭》《赵氏孤儿》《杜十娘怒沉百宝箱》……母亲边讲边落泪，我们边听边落泪。

我于今在创作中追求悲剧情节、悲剧色彩，不能自已地在字里行间流溢浓重的主观感情色彩，可能正是由于小时候听母亲带着她浓重的主观感情色彩讲了许多悲剧故事的结果。我认为，文学对于一个作家儿童时代的心灵所形成的直接或间接的影响，对一个作家在某一时期或某一阶段的创作风格起着"先天"的、潜意识的制约。

我们长大了，母亲衰老了。母亲再也不像我们小时候那样给我们讲故事了。母亲操持着全家人的生活，没有时间、没有精力、没有心思重复那些典型的中国式的悲剧色彩很浓的传统故事了。母亲一生就是一个悲剧，她至今没过上一天无忧无虑的生活。

我们也不再满足于听母亲讲故事了。我们都能读书了，我们渴望读书。只要是为了买书，母亲给我们钱时从未犹豫过。母亲没有钱，就向邻居借。母亲这个没有文化的女人，凭着做母亲的本能认为，读书对于她的孩子们总归是有益的事。

家中没有书架，也没有摆书架的地方。母亲为我们腾出了一只旧木箱。我们买的书，包上书皮儿、看过后存放箱子里。

最先获得买书特权的，是我的哥哥。

哥哥也酷爱文学。我对文学的兴趣，一方面是母亲以讲故事的方式不自觉地培养的结果，另一方面是受哥哥的熏染。

我读小学时，哥哥读初中。我读初中时，哥哥读高中。

60 年代的教学，比今天更体现对学生的文学素养的普遍重视。哥哥高中读的已不是语文课本，而是文学课本。

哥哥的文学课本，便成了我常常阅读的文学书籍。哥哥无形中取代了母亲家庭"故事员"的角色，每天晚上，他做完功课，便捧起文学课本，为我们朗读，我们理解不了的，他就耐心启发我们。

我想买《红旗谱》，只有向母亲要钱。为了要钱我去母亲做活的那个条件低劣的街道小工厂找母亲。

那个街道小工厂里的情形像中世纪的奴隶作坊。200多平方米的四壁颓败的大屋子，低矮、阴暗、天棚倾斜，仿佛随时会塌下来。五六十个家庭妇女，一人坐在一台破旧的缝纫机旁，一双接一双不停歇地加工棉胶鞋鞋帮。到处堆着毡团，空间毡绒弥漫。所有女人都戴口罩。夏日里从早到晚，一天戴八个乃至十个小时的口罩，可想而知是种什么罪。几扇窗子一半陷在地里，无法打开，空气不流通，闷得使人头晕。耳畔脚踏缝纫机的声音响成一片，女工们彼此说话，不得不摘下口罩，扯开嗓子。话一说完，就赶快将口罩戴上。她们一个个紧张得不直腰，不抬头，热得汗流浃背。有几个身体肥胖的女人，竟只穿着件男人的背心，大概是她们的丈夫的。我站在门口，用目光四处寻找母亲，却认不出在这些女人中，哪一个是我的母亲。

负责给女工们递送毡团的老头问我找谁，我说出了母亲的名字。

"在那儿！"老头用手一指。

我这才发现，最里边的角落，有一个瘦小的身躯，背对着我，像800度的近视眼写字一样，头低垂向缝纫机，正做活。

我走过去，轻轻叫了一声："妈……"

母亲没听见。

我又叫了一声。

母亲仍未听见。

"妈！"我喊起来。

母亲终于抬起了头。

母亲瘦削的憔悴的脸，被口罩遮住二分之一。口罩已湿了，一层毡绒附着上面，使它变成了毛茸茸的褐色的。母亲的头发上、衣服上也落满了毡绒，母亲整个人都变成了毛茸茸的褐色的。这个角落更缺少光线，更暗。只可能是100瓦的灯泡，悬吊在缝纫机上方，向室闷的空间继续散发热。一股蒸蒸的热气顿时包围了我。缝纫机板上水淋淋的，是母亲滴落的汗。母亲的眼病常年不愈，红红的眼睑夹着黑白混浊的眼睛，目光痴呆地望着我，问："你到这里来干什么？找妈有事？"

"妈，给我两元钱……"我本不想再开口要钱。亲眼看到母亲是这样挣钱的，我心里难受极了。可不想说的话说了。我追悔莫及。

"买什么？"

"买书……"

母亲不再多问，手伸入衣兜，掏出一卷毛票，默默点数，点够了两元钱送给我。

我犹豫地伸手接过。

离母亲最近的一个女人，停止做活，看着我问："买什么书呵？这么贵！"

我说："买一本长篇。"

"什么长篇短篇的！你瞧你妈一个月挣三十几元钱容易吗？你开口两元，你妈这两天的活白做了！"那女人将脸转向母亲，又说，"大姐你别给他钱！你是当妈的，又不是奴隶！供他穿，供他吃，供他上学，还供他花钱买闲书看呀？你也太顺他意了！他还能出息成个写书的人咋的？"

母亲淡然苦笑，说："我哪敢指望他能出息成个写书的人呢！我可不就是为了几个孩子才做活的么！这孩子和他哥一样，不想穿好吃好，就爱看书，反正多看书对孩子总是有些教育的，算我这两天活白做了呗！"说着，俯下身，继续蹬缝纫机。

那女人独自叹道："唉，这老婆子，哪一天非为了儿女们累死在缝纫机旁！……"

我心里内疚极了，一转身跑出去。

我没有用母亲给我那两元钱买《红旗谱》。

几天前母亲生了一场病，什么都不愿吃，只想吃山楂罐头，却没舍得花钱给自己买。

我就用那两元钱，几乎跑遍了道里区的大小食品商店，终于买到了一听山楂罐头，剩下的钱，一分也没花。

母亲下班后，发现了放在桌上的山楂罐头，沉下脸问："谁买的？"

我说："妈，我买的。用你给我那两元钱为你买的。"说着将剩下的钱从兜里掏出来也放在了桌上。

"谁叫你这么做的？"母亲生气了。

我讷讷地说："谁也没叫我这么做，是我自己……妈，我今后再也不向你要钱买书了！……"

"你向妈要钱买书，妈不给过你吗？"

"没有……"

"那你为什么还说这种话？一听罐头，妈吃不吃又能怎么样呢？还不如你买本书，将来也能保存给你弟弟们看……"

"我……妈，你别去做活了吧!……"我扑在母亲怀里，哭了。……

今天，当我竟然也成了写书人的今天，每每想起儿时的这些往事以及这份特殊的母爱，不免一阵阵心酸。我在心底一次次呼喊：我爱您，母亲!

# 莫言：母亲

　　我出生于山东省高密县一个偏僻落后的乡村。五岁的时候，正是中国历史上一个艰难的岁月。生活留给我最初的记忆是母亲坐在一棵白花盛开的梨树下，用一根洗衣用的紫红色的棒槌，在一块白色的石头上，捶打野菜的情景。绿色的汁液流到地上，溅到母亲的胸前，空气中弥漫着野菜汁液苦涩的气味。那棒槌敲打野菜发出的声音，沉闷而潮湿，让我的心感到一阵阵的紧缩。

　　这是一个有声音、有颜色、有气味的画面，是我人生记忆的起点，也是我文学道路的起点。我用耳朵、鼻子、眼睛、身体来把握生活，来感受事物。储存在我脑海里的记忆，都是这样的有声音、有颜色、有气味、有形状的立体记忆，活生生的综合性形象。这种感受生活和记忆事物的方式，在某种程度上决定了我小说的面貌和特质。这个记忆的画面中更让我难以忘却的是，愁容满面的母亲，在辛苦地劳作时，嘴里竟然哼唱着一支小曲！当时，在我们这个人口众多的大家庭中，劳作最辛苦的是母亲，饥饿最严重的也是母亲。她一边捶打野菜一边哭泣才符合常理，但她不是哭泣而是歌唱，这一细节，直到今天，我也不能很好地理解它所包含的意义。

　　我母亲没读过书，不认识文字，她一生中遭受的苦难，真是难以尽述。战争、饥饿、疾病，在那样的苦难中，是什么样的力量支撑她活下来，是什么样的力量使她在饥肠辘辘、疾病缠身时还能歌唱？我在母亲生前，一直想跟她谈谈这个问题，但每次我都感到没有资格向母亲提问。有一段时间，村子里连续自杀了几个女人，我莫名其妙地感到了一种巨大的恐惧。那时候我们家正是最艰难的时刻，父亲被人诬陷，家里存粮无多，母亲旧病复发，无钱医治。我总是担心母亲走上自寻短见的绝路。每当我下工归来时，一进门就要大声喊叫，只有听到母亲的回答时，心中才感到一块石头落了地。有一次下工回来已是傍晚，母亲没有回答我的呼喊，我急忙跑到牛栏、磨房、厕所里去寻找，都没有母亲的踪影。我感到最可怕的事情发生了，不由得大声哭起来。这时，母亲从外边走了进来。母亲对我的哭泣非常不满，她认为一个人尤其是男人不应该随便哭泣。她追问我为什么哭。我含糊其词，不敢对她说出我的担忧。母亲理解了我的意思，她对我说：孩子，放心吧，阎王爷不叫我是不会去的！

　　母亲的话虽然腔调不高，但使我陡然获得了一种安全感和对于未来的希望。多少年后，当我回忆起母亲这句话时，心中更是充满了感动，这是一个母亲对她的忧心忡忡的儿子做出的庄严承诺。活下去，无论多么艰难也要活下去！尽管母亲已经被阎王爷叫去了，但母亲这句话里所包含着的面对苦难挣扎着活下去的勇气，将永远伴随着我，激励着我。

我曾经从电视上看到过一个让我终生难忘的画面：以色列重炮轰击贝鲁特后，滚滚的硝烟尚未散去，一个面容憔悴、身上沾满泥土的老太太便从屋子里搬出一个小箱子，箱子里盛着几根碧绿的黄瓜和几根碧绿的芹菜。她站在路边叫卖蔬菜。当记者把摄像机对准她时，她高高地举起拳头，嗓音嘶哑但异常坚定地说：我们世世代代生活在这块土地上，即使吃这里的沙土，我们也能活下去！

老太太的话让我感到惊心动魄，女人、母亲、土地、生命，这些伟大的概念在我脑海中翻腾着，使我感到了一种不可消灭的精神力量，这种即使吃着沙土也要活下去的信念，正是人类历尽劫难而生生不息的根本保证。这种对生命的珍惜和尊重，也正是文学的灵魂。

在那些饥饿的岁月里，我看到了许多因为饥饿而丧失了人格尊严的情景，譬如为了得到一块豆饼，一群孩子围着村里的粮食保管员学狗叫。保管员说，谁学得最像，豆饼就赏赐给谁。我也是那些学狗叫的孩子中的一个。大家都学得很像。保管员便把那块豆饼远远地掷了出去，孩子们蜂拥而上抢夺那块豆饼。这情景被我父亲看到眼里。回家后，父亲严厉地批评了我。爷爷也严厉地批评了我。爷爷对我说：嘴巴就是一个过道，无论是山珍海味，还是草根树皮，吃到肚子里都是一样的，何必为了一块豆饼而学狗叫呢？人应该有骨气！他们的话，当时并不能说服我，因为我知道山珍海味和草根树皮吃到肚子里并不一样！但我也感到了他们的话里有一种尊严，这是人的尊严，也是人的风度。人，不能像狗一样活着。

我的母亲教育我，人要忍受苦难，不屈不挠地活下去；我的父亲和爷爷又教育我人要有尊严地活着。他们的教育，尽管我当时并不能很好地理解，但也使我获得了一种面临重大事件时做出判断的价值标准。

饥饿的岁月使我体验和洞察了人性的复杂和单纯，使我认识到了人性的最低标准，使我看透了人的本质的某些方面。许多年后，当我拿起笔来写作的时候，这些体验，就成了我的宝贵资源，我的小说里之所以有那么多严酷的现实描写和对人性的黑暗毫不留情的剖析，是与过去的生活经验密不可分的。当然，在揭示社会黑暗和剖析人性残忍时，我也没有忘记人性中高贵的有尊严的一面，因为我的父母、祖父母和许多像他们一样的人，为我树立了光辉的榜样。这些普通人身上的宝贵品质，是一个民族能够在苦难中不堕落的根本保障。

第四辑

——

怀念，
母亲窗前的那盏灯

# 冯沅君：慈母

慈母手中线，游子身上衣。

临行密密缝，意恐迟迟归。

谁言寸草心，报得三春晖。

——孟郊《游子吟》

我已经在北京整整住了六年了，我不但常把北京当作故乡看待，故乡的影儿在我的心中也渐渐地模糊暗淡了。我常说北京仿佛是我的情人，故乡仿佛是我的慈母；我便是为了两性的爱，忘记了母女的爱的放荡青年。

朋友们也曾劝过我回家，我总是一笑。他们说得略为恳切点，我的答话便是："你们还不知道我的家乡土匪的多吗？'蜀道之难，难于上青天'，回我的家乡，比往四川还难呢！"如果他们用种种方法把我驳倒，没有再辩的余地时，我便声泪俱下地说："你们还不知道我的身世吗？难道你们愿意……"他们见我如此，又怕把我从前稀奇古怪的病症弄发了，只好中止。他们住了声，我也住了声，依旧高兴了便读书，不高兴了便同朋友游玩。和我不相得的人们，便从而飞短流长，我听见了也只一笑。但是回想起六年前离家时的情形——亲爱的母亲虽然允许我同两位哥哥来京，然从此后整天她总是沉默的时候多。当我们从乡下往城里去的一天，她同我们坐着牛车走了一半路程，在舅母家吃了顿午饭，饭后我们又上车走的时候，她便不见了。送我们的只有舅母和表妹。她们很高兴地庆贺我有上京读书的机会，我也很高兴地照例谦虚了几句。晚上到城里见了伯父伯母，第二天便同故乡告别了。——想起这种情形便觉得人生空幻得同梦里轻烟一样，心中好像缺少了什么，四围的空气都是死沉沉的。

　　时机越过越紧迫，我虽颓然自放，用种种不合宜的方法来消耗我的生活力，竭力把故乡的好处除草似的从记忆的领土中一根一根往外拔，然而阿母决意不让我在外边过这只身的浪漫的生活。我虽然是个弱者，也还有保全个人的自由而脱离家庭的勇气。我能穿朴素的衣服，能吃粗粝的饭，自食其力也不是什么难事。但一想到她老人家万一为此而些微有点山高水低，我的心都碎了，血也冷了，进既不得，退又不能，于是我万念俱灰了，从前有时感到的死气沉沉的空气，较前更坏了。铅般的重，向我身上压来，我不再玩了，不再说笑了。碧云寺的松涛，玉泉山的清泉，都让它们自己去领略它们的自然的美妙去。我觉得人类是自私的，就是嫡亲的母子也逃不了这个公例。我诅咒道德，我诅咒人间的一切，尤其诅咒生，赞美死，恨不得把整个的宇宙，用大火烧过，大水冲过，然后再重新建造。……想到极端的时候，不是狂笑便是痛哭。

阿兄们都回国了，在省城内安下了家，接了母亲出来，省得在家里担惊受怕。嫂嫂们听了这个消息，自是喜之不尽，不待放假，学校一考完便回家去了。我呢？只有当面赔笑，暗地里落泪。老母既到省城，我不得再借口于路上不好走而不回家。所以在别人看这样是家人团聚，我却看作催这场家庭悲剧开幕的鼓掌声。不体谅我的人们，三番四次地来信，问我哪天回去，我只有一味鬼扯。阿母来信，我因为无话可答，只好装作不曾接到。但是人们谁能知道我这难言之痛？

"阿母到此因不见妹回来，甚为失望愤怒。某兄等虽曾为妹说项，但伊意甚为坚执，并谓若妹不来，伊即进京。……"

这是9月3号接到的阿兄来书。

悲剧开幕了，悲剧开幕了，我读罢这信后，始仰天痛哭，继则呆若木鸡。待到同香谷去找我如的时候，我坐在车上，只想着我将来自杀应取怎样的手续，我的遗书怎样写，我的东西应归什么人管，我的爱人见我没有了将怎样伤痛……天边的晚霞，将用以来表我为自由流的血；树林的风声，将成了我的挽歌：一切一切都和我诀别了。我将静静地睡在白杨树下，冷眼看这鬼蜮世界的炎凉沧桑……

夜气沉山，星光历乱，公园里黑洞洞的柏树林下，我们三人作三角形地站着。我如是仓促之间被我们抓来的，本已不知是怎样一回事；又见我们神经错乱的样子，更手足不知所措了。我呢？一只手紧紧握着我如的手，一只手抚着香谷的肩，义愤填膺，只有抽噎的份儿，一句话也不能说。只有香谷遇事还镇静点，但此时说话也是上气不接下气的，勉强将这件意外的事——也可以说是意内的事——报告给袠如。

商酌的结果，第一步是先发几封快信给阿兄及在省的知友，请他们详细报告她老人家对于此事的意见；第二步如果不得已而回去的时候，也是三人同往。香谷同我到省，万一有意外事故发生，则我即不辞而别，留她在家作押头，以释她老人家的疑心，免得立时即去车站追我。袠如在中途等候，如果第一个方法再失败了，他便到省营救，换句话说，实行那不能同生当可共死的誓言。

五日后，阿兄及绍尧的信都回来了，都力主我回去。在刚接到这些信的时候，我心似乎很镇静，曾经劝过袠如说："这不过是人生中一个小问题，怎样做人，才是我们必须研究的题目呢！"但是既上火车后，我忽觉前途的黑暗了。我不是向生处走着，是向死处在走。在他们竭力用话安慰我的时候，我竟沉默到把整个世界全忘了的地步。虽然有时较为清醒点，也间或向他们笑过几次，但是含泪的微笑更使他们灵魂深处都感觉着悲哀同寂寞。一站一站火车离我们今晚所要到的地方近了，一层一层我灵魂上的伤口裂得大了。固然三人都相对无言，但个个心上都像受了什么神祇的启示。我们这个小世界的末日，快到了，就在眼前了。

固然我自认我这种行为是旧婚制压迫的反动，但同时我也不能否认，我这种行为是保护爱情的尊严的。假如这桩事的结果不是出乎我们意料之外，我们晚上住的地方，不独是我同袠如这幕恋爱的悲剧开幕的地点，同时也将是它闭幕的所在。当我在旅馆里心痛如割的时候，香谷给我用热手巾擦胸，他哭丧着灰白的脸，坐在我的床边上，现出一种不知所措的样子。我因为香谷在旁，他不便在这里，教他出去。他也没有说什么，只在掀门帘出去的时候，回头来尽力地望了我一眼。三点钟打过了，香谷因为倦不过，先休息了。我挣扎起来向他房里取笔纸，给我的母亲写最后的一封信，预备将来不辞而别时好发。他一见我，便抱着我哭了。我自然也哭了。我们便相抱着哭。但因为怕惊动了别人，虽是心中痛楚，喉中哽咽，眼中流泪，总不敢出声。我们吃力地拥抱着，我们直抱到无可再紧的地步，彼此都可以听见心房急遽地跳的声音。彼此都很沉默，他只说了几次：

"无论你怎样我都陪你。"

"如果我们不得相抱向海中跳怎样？"

我一声也没响，我的回话是紧紧地把心口贴在他的心口上，同他很恳挚而又非常尊严地接了几次吻，将要永诀的吻。

次早 7 点多钟，又乘着车儿向东进发，我的神经也许已经麻木了。虽然有时心里异常恐怖，同小羊宛转于屠夫的刀下似的，但有时也似乎很恬静。最使我感着生离的悲哀的，就是他在车站桥上给我的最后的一瞥。

东行这条路本来只有四小站，在我们这心怀鬼胎的人，更觉得是一刹那间便到了必须下车的地方了。可怜我们下车后，竟像亡命之徒，回到故国警备森严的首都，重谋起事一样。不但在路上是藏藏躲躲的怕哪家的熟人看见了，打我的主意，就是我的家也需到三五个可靠的朋友家中问了日来的情形，方敢回去。

　　大着胆子把家里的门敲开了，谁料给我开门的不是别人，就是我的老母。在这悲喜恐惧三种感情交杂的一刹那间，我觉察得我的微小的灵魂，已被由她那衰老憔悴的身躯中射出的伟大的母性的爱威慑——无宁说是感化——着了。我再不防备一切意外的事，亲亲切切地瞻仰她别后的容颜。她的精神大不似六年前的矍铄，面庞也清瘦得多了，并且添了无数的皱纹——为子女辛勤的遗痕。头发虽只是苍白，可是已短得难以绕成髻儿了。加以穿的是乡间又长又大的家机的深蓝衣服，袖摇襟摆，更显出步履的艰难来。但是她一开门见回来的是我，便笑得几个不完全的牙齿都露出来了，同时眼中又充满了晶莹的老泪。虽然她对于来客——我告诉她说香谷是我的同学，往某处做事顺便来此地参观的——表示了十二分欢迎的意思，可是此时她的精神实在来不及。她似乎已把全世界都忘了，只为她这一个女儿忙，来客好像不暇兼顾。她唤出我的哥哥同侄儿们来，和我相见，让我们到屋里坐，拿各种点心给我们吃，叫厨子快给我们煮饭，听差到车站上给我们取行李，问我从前害的那些稀奇古怪的病，都好了不曾。她说已经不大认识我了，我的身材同面庞都变大了，幸喜得声音还不大差……又说各校已快开学了，她自分是不能即刻见我了，不想我竟然回来了……总而言之，她此刻的精神简直活泼得像三四十岁的人似的。虽然是岁数不饶人，行动终是颤巍巍的，就在这颤巍巍的动作上更显出了世间唯一的、绝对的、神圣的母亲的爱。在这无限的爱情面前，我的精神起了异样的作用，凡感官所接触的都觉得空幻，同梦一样。我自己判决：凡以世间一般的险诈的心理来推测母亲的罪过，比扰乱公众治安的罪过还大。因为后者是在人的面前犯罪，前者是在上帝面前犯罪。要不怕她老人家一时不知个中原委吓着，我便要跪在她的面前，请她自由处置，以减轻我在上帝面前的罪恶。

第二天香谷见不致有意外变故发生，便走了。第三天的晚上我们母女兄妹们坐在一处谈心，各人都细细叙述六年来的离情别绪，方知她老人家所以急于星火地要见我，甚至于对我生气失望的并不是为的那婚事。她最不满意于我的是我这一年来不常给家中写信，也不向家中要钱。因为她以为这是能自立了，要和家中断绝关系的证据。她最沉痛的话是"这一年来你也再不向家中要钱了，也不知你在外面是怎样的过活，我为此常常伤心。五年多的操劳，我都不感着辛苦，就这半年多的忧伤使我老成这个样儿。我想我这次到省了，路也近了，无论怎样我总把你找回来问问你为什么对我这样。就是我不好，我对不起你，我们娘儿们也到一块儿大吵一阵，义断恩绝地走了，也是痛快的……"此刻我的心深深地感觉得隔膜的可怕了。我又将我要同那家断绝关系的理由极委婉地向她说了，她也不曾大生气。在我说得轻的时候，她便用劝诫的口气说些什么人当乐天知命的话。我说到沉痛处，我哭了，她便默默无言地陪我哭。她只说了这样的几句话："你们要代我想，我要是这样做了，怎有脸再见你们的伯叔们？……但是我虽想得到而没有勇气去做。把你强送去……我心中不忍看你受委屈。……你们若以你们主意为是，你们便照你们所认为是的做去，我这个老人任她难受去吧！……"她拉着我的手，揽我在怀里，这样说，说完了，便又沉默了，时而仰头，时而摇头，时而长叹。一更二更打过了，哥哥们都散去了，小侄们便是睡得正浓的，四邻的人声也都消沉，她还是拉着我的手，坐着，搜寻来解决这个难题的方法。

一天晚上，一个月瘦如眉、星光历乱的晚上，我们一家都在院里吃晚饭，饭后我的嫂嫂和我的表妹不曾离开原来的座位，便闲谈起来了。她们的声音非常的细微，已经走开的我们听不清说的什么，只有时听见一阵阵笑声。走到园子里了，我母亲靠着西屋的墙站着，我的哥哥和小侄们前后左右把她围了起来。小侄们是跟祖母惯的，都牵衣拉袖地闹着，请她讲牛郎织女的故事。正在说的时候，他们都恭敬地听着。故事说完了，他们的小而且黑的眼仁里，便充满了惊异的光彩，似乎在揣摩牛郎放牛织女洗浴以及他们俩相爱的情况。故事听完后，七兄又教他们唱浅而有趣的歌，做简单的舞蹈。虽然他们做得不很合节奏，然而清脆的歌声，肥短而甚活泼的手足的舞蹈，天真烂漫的神气，已经越过了人间一切的艺术了。阿母看了大笑，我们也很高兴。天上的小星儿也似乎得了爱的喜悦，在那里闪闪烁烁的。我们在母亲面前是孩子，小侄们在我们的面前又是孩子，家人的爱——尤其是母亲的爱——把这三代人紧紧地连在一起了。假如我是个大诗人，宇宙间一切的美丽伟大我不歌颂，我只歌颂融在爱的光中的和乐家庭。

我又要离家北上了。这天因为哥哥和嫂嫂们都有事，只送我到了门口。送我到车站的，只有我母亲同个女仆，带三个小孩。可怜为了这样没出息的女儿她老人家整整在人声喧嚣、污秽不堪的车站里，站了两个钟头。当我们在站着候车的时候，一个卖糖果的过来了，她便买了几块分给我同小侄们。在这糖的甜蜜的滋味中，我又领略了母亲的爱，原来在母亲的眼中无论怎样大的人，都是极小的小孩子呵。火车到了，和我同行的几位来招呼了，她便向他们说："劳先生的神，沿路照应照应。"向我说："同先生们走吧，我也回去了。"就头也不回地颤巍巍地同女仆带着小孩们离站了。我在车窗中张望了好几次，都不曾看见她的影子，只见别人挥巾祝他们的朋友平安……

# 冰心：回忆母亲

亲爱的小朋友：

昨夜还看见新月，今晨起来，却又是浓阴的天！空山万静，我生起一盆炭火，掩上斋门，在窗前桌上，供上蜡梅一枝，名香一炷，清茶一碗，自己扶头默坐，细细地来忆念我的母亲。

今天是旧历腊八，从前是我的母亲忆念她的母亲的日子，如今竟轮到我了。

母亲逝世，今天整整十三年了，年年此日，我总是出外排遣，不敢任自己哀情的奔放。今天却要凭着"冷"与"静"，来细细地忆念我至爱的母亲。

十三年以来，母亲的音容渐远渐淡，我是如同从最高峰上，缓步下山，但每一驻足回望，只觉得山势愈巍峨，山容愈静穆，我知道我离山愈远，而这座山峰，愈会无限度地增高的。

激荡的悲怀，渐归平静，十几年来涉世较深，阅人更众，我深深地觉得我敬爱她，不只因为她是我的母亲，实在因为她是我平生所遇到的、最卓越的人格。

她一生多病，而身体上的疾病，并不曾影响她心灵的健康。

她一生好静，而她常是她周围一切欢笑与热闹的发动者。她不曾进过私塾或学校，而她能欣赏旧文学，接受新思想。她一生没有过多余的财产，而她能急人之急，周老济贫。她在家是个娇生惯养的独女，而嫁后在三四十口的大家庭中，能敬上怜下，得每一个人的敬爱。在家庭布置上，她喜欢整齐精美，而精美中并不显出骄奢。在家人衣着上，她喜欢素淡质朴，而质朴里并不显出寒酸。她对子女婢仆，从没有过疾言厉色，而一家人都翕然地敬重她的言词。她一生在我们中间，真如父亲所说的，是"清风入座，明月当头"，这是何等有修养、能包容的伟大的人格呵！

十几年来，母亲永恒地生活在我们的忆念之中。我们一家团聚，或是三三两两地在一起，常常有大家忽然沉默的一刹那，虽然大家都不说出什么，但我们彼此晓得，在这一刹那的沉默中，我们都在痛忆着母亲。

我们在玩到好山水时想起她，读到一本好书时想起她，听到一番好谈话时想起她，看到一个美好的人时，也想起她——假如母亲尚在，和我们一同欣赏，不知她要发怎样美妙的议论？要下怎样精确的批评？我们不但在快乐的时候想起她，在忧患的时候更想起她，我们爱惜她的身体，抗战以来的逃难，逃警报，我们都想，假如母亲仍在，她脆弱的身躯，决受不起这样的奔波与惊恐，反因着她的早逝，而感谢上天。但我们也想到，假如母亲尚在，不知她要怎样热烈，怎样兴奋，要给我们以多大的鼓励与慰安——但这一切，现在都谈不到了。

在我一生中，母亲是最用精神来慰励我的一个人，十几年

"教师""主妇""母亲"的生活中，我也就常用我的精神去慰励别人。而在我自己疲倦、烦躁、颓丧的时候，心灵上就会感到无边的迷惘与空虚！我想：假如母亲尚在，纵使我不发一言，只要我能倚在她的身旁，伏在她的肩上，闭目宁神在她轻轻的抚摸中，我就能得到莫大的安慰与温暖，我就能再有勇气，再有精神去应付一切，但是，十三年来这种空虚，竟无法填满了，悲哀，失母的悲哀呵！

一朵梅花，无声地落在桌上。香尽，茶凉，炭火也烧成了灰！我只觉得心头起栗，站起来推窗外望，一片迷茫，原来雾更大了！雾点凝聚在松枝上。千百棵松树，千万条的松针尖上，挑着千万颗晶莹的泪珠……

恕我不往下写吧，——有母亲的小朋友，愿你永远生活在母亲的恩慈中。没有母亲的小朋友，愿你母亲的美华永远生活在你的人格里！

　　　　　　　　　　　　　　　　　你的朋友冰心

# 石评梅：母亲

　　母亲！这是我离开你，第五次度中秋，在这异乡——在这愁人的异乡。

　　我不忍告诉你，我凄酸独立在枯池旁的心境，我更不忍问你团圆宴上偷咽清泪的情况。

　　我深深地知道：系念着漂泊天涯的我的，只有母亲；然而同时感到凄楚黯然，对月挥泪，梦魂犹唤母亲的，也只有你的女儿！

　　节前许久未接到你的信，我知道你并未忘记中秋；你不写的缘故，我知道了，只为了规避你心幕底的悲哀。月儿的清光，揭露了的，是我们枕上的泪痕；它不能揭露的，确是我们一丝一缕的离恨！

　　我本不应将这凄楚的秋心寄给母亲，重伤母亲的心；但是与其这颗心，悬在秋风吹黄的柳梢，沉在败荷残茎的湖心，最好还是寄给母亲。

　　假使我不愿留这墨痕，在归梦的枕上，我将轻轻地读给母亲。假使我怕别人听到，我将折柳枝，蘸湖水，写给月儿，请月儿在母亲的眼里映出这一片秋心。

揾清嫂很早告诉我，她说："妈妈这些时为了你不在家怕谈中秋，然而你的顽皮小侄女昆林，偏是天天牵着妈妈的衣角，盼到中秋。我正在愁着，当家宴团圆时，我如何安慰妈妈？更怎能安慰千里外凝眸故乡的妹妹？我望着月儿一度一度圆，然而我们的家宴从未曾一次团圆。"

自从读了这封信，我心里就隐隐地种下恐怖，我怕到月圆，和母亲一样了。但是它已慢慢地来临，纵然我不愿撕月份牌，然而月儿已一天一天圆了！

十四的下午，我拿着一个月的薪水，由会计室出来，走到我办公处时，我的泪已滴在那一卷钞票上。母亲！不是为了我整天的工作，工资微少；不是为了债主多，我的钱对付不了；不是为了发得迟，不能买点异乡月饼，献给母亲尝尝，博你一声微笑。只因：为了这一卷钞票我才流落在北京，不能在故乡，在母亲的膝下，大嚼母亲赐给的果品。然而，我不是为了钱离开母亲，我更不是为了钱抛弃故乡。

你不是曾这样说吗，母亲：

"你是我的女儿，同时你也是上帝的女儿，为了上帝你应该去爱别人，去帮助别人。去吧！潜心探求你所不知道的，勤恳工作你所能尽力的。去吧！离开我，然而你却在上帝的怀里。"

因之，我离开你漂泊到这里。我整天地工作，当夜晚休息时，揭开帐门，看见你慈爱的相片时，我跪在地下，低低告诉你："妈妈！我一天又完了。然而我只有忏悔和惭愧！我没有捡得什么，同时我也未曾给人什么！"

有时我胜利地微笑，有时我痛恨地大哭，但是我仍这样工作，这样每天告诉你。

这卷钞票我如今非常爱惜，它曾滴满了我思亲泪！但是我想到母亲的叮咛时，我很不安，我无颜望着这重大的报酬。

因此，我更想着母亲——我更对不起遥远的山城里，常默祝我尽职的母亲！

十五那天早晨很早就醒了，然而我总不愿起来；母亲，你能猜到我为了什么吗？

林家弟妹，都在院里唱月儿圆，在他们欢呼高亢的歌声里，激荡起我潜伏已久的心波，揭现了心幕底沉默的悲哀。我悄悄地咽着泪，揭开帐门走下床来；打开我的头发，我一丝一丝理着，像整理烦乱一团的心丝。母亲！我故意慢慢地迟延，两点钟过去了，我成功了的是很松乱的髻。

小弟弟走进来，给我看他的新衣裳，女仆走进来望着我拜节，我都付之一笑。这笑里映出我小时候的情形，映出我们家里今天的情形。母亲！你们春风沉醉的团圆宴上，怎堪想想寄人篱下的游子！

我想写信，不能执笔；我想看书，不辨字迹；我想织手工，我想抄《心经》，但是都不能。我后来想拿下墙上的洞箫，把我这不宁的心绪吹出；不过既非深宵，又非月夜，哪是吹箫的时节！后来我想最好是翻书箱，一件一件拿出，一本一本放回，这样挨过了半天，到了吃午餐时候。

不晓得怎样，在这里住了一年的旅客，今天特别局促起来，举箸时，我的心颤跳得更厉害；不知是否，母亲你正在念着我？一杯红艳艳的葡萄酒，放在我面前，我不能饮下去，我想家里的团圆宴上少了我，这里的团圆宴上却多了我。虽然人生旅途，到处是家，不过为了你，我才眷恋着故乡；母怀是我永久倚凭的柱梁，也是我破碎灵魂最终归宿的坟墓。

母亲！你原谅我吧！当我情感流露时，允许我说几句我心里要说的话，你不要迷信不吉祥而阻止，或者责怪我。

我吃饭时候，眼角边看见炉香绕成个 A 字，我忽然想到你跪在观音面前烧香的样子，你唯一祷告的一定是我在外边"身体康健，一切平安"！母亲！我已看见你龙钟的身体，慈笑的面孔；这时候我连饭带泪一块儿咽下去。干咳了一声，他们都用怜悯的目光望我，我不由得低下头，觉着脸有点烧了。

母亲！这是我很少见的羞涩。

林家妹妹，和昆林一样大，她叫我"大姊姊"。今天吃饭时，我屡次偷看她，不晓得为什么，因为她，我又想起围绕你膝下，安慰欢愉你的侄女。惭愧！你枉有偌大的女儿，母亲！

你枉有偌大的女儿！

吃完饭，晶清打电话约我去万牲园。这是我第一次去看她们创造成功的学校：地址虽不大，然而结构确很别致；虽不能及石驸马大街富丽的红楼，但似乎仍不失小家碧玉的居处。

因此，我深深地感到了她们缔造艰难的苦衷了！

清很凄清，因她本有几分愁，如今又带了几分孝，在一棵垂柳下，转出来低低唤了一声"波微"时，我不禁笑了，笑她是这般娇小！

我们聚集了八个人，八个人都是和我一样离开了母亲，和我一样在万里外漂泊，和我一样压着凄哀，强作欢笑地度这中秋节。

母亲！她们家里的母亲，也和你想我一样想着她们；她们也正如我般绻怀着母亲。

我们飘零的游子能凑合着在天涯一角，勉为欢笑，然而你们做母亲的，连凑合团聚，互谈谈你们心思的机会都没有。

因之，我想着母亲们的悲哀一定比女孩儿们的深沉！

我们缘着倾斜乱石，摇摇欲坠的城墙走，枯干一片，不见一株垂柳绿荫。砖缝里偶尔有几朵小紫花，也没有西山上的那样令人注目。我想着这世界已是被人摒弃了的。

一路走着，她们在前边，我和清留在后边。我们谈了许多去年今日，去年此时的情景，并不曾令我怎样悲悼，我只低低念着：

> 惊节序，叹沉浮，
> 秾华如梦水东流。
> 人间何事堪惆怅，
> 莫向横塘问旧游。

走到西直门，我们才雇好车。这条路前几月我曾走过，如今令我最惆怅的，便是找不到那一片翠绿的稻田，和那吹人醺醉的惠风，只感到一阵阵冷清。

进了门，清低低叹了口气，我问："为什么事你叹息？"她没有答应我。多少不相识的游人从我身旁过去，我想着天涯漂泊者的滋味，沉默地站在桥头。这时，清握着我手说："想什么？我已由万里外归来。"

母亲！你当为了她伤心，可怜她无父无母的孤儿，单身独影漂泊在这北京城；如今歧路徘徊，她应该向哪处去呢？纵然她已从万里外归来，我固然好友相逢，感到愉快。但是她呢？她只有对着黄昏晚霞，低低唤她死了的母亲；只有望着皎月繁星，洒几点悲悼父亲的酸泪！

猴子为了食欲，做出种种媚人的把戏；栏外的人也用了极少的诱惑，逗着它的动作，而且在每人的脸上，都轻泛着一层胜利的微笑，似乎表示他们是聪明的人类。

我和清都感到茫然，到底怎样是生存竞争的工具呢？当我们笑着小猴子的时候，我觉着似乎猴子也正在窃笑着我们。

他们许多人都回头望着我们微笑，我不知道为了什么！琼妹忍不住了。她说：

"你看梅花小鹿！"

我笑了，他们也笑了；清很注意地看着栏里。琼妹过去推她说："最好你进去陪着她，直到月圆时候。"

母亲！梅花小鹿的故事，是今夏我坐在葡萄架下告诉过你的。当你想到时，一定要拿起你案上那只泥做的梅花小鹿，看着它是否依然无恙。母亲！这是我永远留着它伴着你的。

经过了眠鸥桥，一池清水里，漂浮着几个白鹅。我望着碧清的池水，感到四周围的寂静。我的心轻轻地跳了，在这样死静的小湖畔，我的心不知为什么反而这样激荡着？我寻着人们遗失了的，在我偶然来临的路上；然而却失丢了我自己竟守着的，在这偶然走过的道上。

在这小桥上，我凝望着两岸无穷的垂柳。垂柳！你应该认识我，在万千来往的游人里，只有我是曾经用心的眼注视着你，这一片秋心，曾在你的绿荫深处停留过。

天气渐渐黯淡了，阳光慢慢叫云幕罩了。我们踏着落叶，信步走向不知道的一片野地里去。过了福香桥，我们在一个小湖边的山石上坐着，清告诉我她在这里的一段故事。

四个月前清、琼、逸来到这里。过了福香桥有一个小亭，似乎是从未叫人发现过的桃源。那时正是花开得十分鲜艳的时候，逸和琼折下柳条和鲜花，给她编了一顶花冠，逸轻轻地加在她的头上。晚霞笑了，这消息已由风儿送遍园林，许多花草树林都垂头朝贺它！

她们恋恋着不肯走，然而这顶花冠又不能带出园去，只好仍请逸把它悬在柳丝上。归来的那晚上就接到翠湖的凶耗！清走了的第二个礼拜，琼和逸又来到这里，那顶花冠依然悬在柳丝上，不过残花败柳，已憔悴得不忍再睹。这时她们猛觉得一种凄凉紧压着，不禁对着这枯萎的花冠痛哭！不愿它再受风雨的摧残，拿下来把它埋在那个小亭畔；虽然这样，但是它却造成一段绮艳的故事。

我要虔诚地谢谢上帝，清能由万里外载着那深重的愁苦归来，更能来到这里重凭吊四月前的遗迹。在这中秋，我们能团集着；此时此景，纵然凄惨也可自豪自慰！

母亲！我不愿追想如烟如梦的过去，我更不愿希望那荒渺未卜的将来，我只尽兴尽情地快乐，让幻空的繁华都在我笑容上消灭。

母亲！我不敢欺骗你，如今我的生活确乎大大改变了，我不诅咒人生，我不悲欢人生，我只让属于我的一切事境都像闪电，都像流星。我时时刻刻这样盼着！当箭放在弦上时，我已想到我的前途了。

我们由动物园走到植物园，经过许多残茎枯荷的池塘，荒芜落叶的小径；这似我心湖一样的澄静死寂，这似我心湖边岸一样的枯憔荒凉。

我在豳风堂前望着那一池枯塘，向韵姊说："你看那是我的心湖！"

她不能回答我，然而她却说："我应该向你说什么？"

我深深地了解她的心，她的心是这般凄冷。不过在这样旧境重逢时，她能不为了过去的春光惆怅吗？母亲！她是那年你曾鉴赏过她的大笔的；然而，她如椽的大笔，未必能写尽她心中的惆怅，因为她的愁恨是那样深沉难测呵！

天气阴沉得令人感觉不快，每个人都低了头幻想着自己心境中的梦乡；偶然有几句极勉强的应酬话，然而不久也在沉寂的空气中消失了。清似乎想起什么一样，站起身来领着我就走，她说："我领你到个地方去看看。"

这条道上，没有逢到一个人。缘道的铁线上都晒着些枯干的荷叶，我低着头走了几十步，猛抬头看见巍峨高耸的四座塔形的墓。荒丛中走不过去，未能进去细看；我回头望望四周的环境，我觉着不如陶然亭的寥廓而且凄静，萧森而且清爽。陶然亭的月亮，陶然亭的晚霞，陶然亭的池塘芦花，都是特别为坟墓布置的美景，在这个地方埋葬几个烈士或英雄，确是很适宜的地方。

母亲！在陶然亭芦苇池塘畔，我曾照了一张独立苍茫的小像，当你看见它时，或许因为我爱的地方，你也爱它。我常常这样希望着。我们见了颓废倾圮、荒榛没胫的四烈士墓，真觉为了我们的先烈难过。万牲园并不是荒野废墟，实不当忍使我们的英雄遗骨，受这般冷森和凄凉！就是不为了纪念先贤，也应该注意怎样点缀风景！我知道了，这或许便是中国内政的缩影吧！

隔岸有鲜红的山楂果，夹着鲜红的枫树，望去像一片彩霞。我和清拂着柳丝慢慢走到印月桥畔。这里有一块石头，石头下是一池碧清的流水；这块石头上，还刊着几行小诗，是清四月间来此假寐过的。她是这样处处留痕迹，我呢，我愿我的痕迹，永远留在我心上，默默地留在我心上。

我走到枫树面前，树上树下，红叶铺集着。远望去像一条红毡。我想拣一片留个纪念，但是我没有那样勇气，未曾接触它前，我已感到凄楚了。母亲！我想到西湖紫云洞口的枫叶，我想到西山碧云寺里的枫叶；我伤心，那一片片绯红的叶子，都给我一样的悲哀。

月儿今夜被厚云遮着，出来时或许要到夜半，冷森凄寒，这里不能久留了。园内的游人都已归去，徘徊在暮云暗淡的道上的只有我们。远远望见西直门的城楼时，我想当城圈里明灯辉煌、欢笑歌唱的时候，城外荒野尚有我们无家的燕子，在暮云底飞去飞来。母亲！你听到时，也为我们漂泊的游儿伤心吗？不过，怎堪再想，再想想可怜穷苦的同胞，除了悬梁投河，用死去办理解决一切生活逼迫的问题外，他们求如我们这般小姐们的呻吟而不可得。

这样佳节，给富贵人作了点缀消遣时，贫寒人确作了勒索生命的符咒。

七点钟回到学校，琼和清去买红玫瑰，芝和韵在那里料理果饼，我和侠坐在床沿上谈话。她是我们最佩服的女英雄，她曾游遍江南山水，她曾经过多少困苦；尤其令人心折的是她那娇嫩的玉腕，能飞剑取马上的头颅！我望着她那英姿潇洒的丰神，听她由上古谈到现今，由欧洲谈到亚洲。

八时半，我们已团团坐在这天涯地角、东西南北凑合成的盛宴上。月儿被云遮着，一层一层刚褪去，又飞来一块一块的絮云遮上。我想执杯对月儿痛饮，但不能践愿，我只陪她们浅浅地饮了个酒底。

我只愿今年今夜的明月照临我，我不希望明年今夜的明月照临我！假使今年此日月都不肯窥我，又哪能知明年此日我能望月！在这模糊阴暗的夜里，凄凉肃静的夜里，我已看见了此后的影事。母亲！逃躲的，自然努力去逃躲；逃躲不了的，也只好静待来临。我想到这里，我忽然兴奋起来，我要快乐，我要及时行乐；就是这几个人的团宴，明年此夜知道还有谁在？是否烟消灰熄？是否风流云散？

母亲！这并不是不祥的谶语，我觉着过去的凄楚，早已这样告诉我。虽然陈列满了珍馐，然而都是含着眼泪吃饭；在轻笼虹彩的两腮上，隐隐现出两道泪痕。月儿朦胧着，在这凄楚的筵上，不知是月儿愁，还是我们愁？

杯盘狼藉的宴上，已哭了不少的人；琼妹未终席便跑到床上哭了。母亲！这般小女孩，除了母亲的抚慰外，谁能解劝她们？琼和秀都伏在床上痛哭！这谜揭穿后谁都是很默然地站在床前，清的两行清泪，已悄悄地滴满襟头！她怕我难过，跑到院里去了。我跟她出来时，忽然想到亡友，他在凄凉的坟墓里，可知道人间今宵是月圆。

夜阑人静时，一轮皎月姗姗地出来，我想着应该回到我的寓所去了。到门口已是深夜，悄悄地一轮明月照着我归来。

月儿照了窗纱，照了我的头发，照了我的雪帐；这里一切连我的灵魂，整个都浸在皎清如水的月光里。我心里像怒涛涌来似的凄酸，扑到床缘，双膝跪在地下，我悄悄地哭了，在你的慈容前。

# 谢冰莹：望断天涯儿不归

妈妈：

　　情感逼着我写这封信给你。

　　在朔风凛冽的深夜，在一切人们的鼾睡声中，你决想不到你的女儿会披衣起来，燃上蜡烛给你写信。是的，你决不会想到这个上面来，因为你早已说过："她是逆子，无论娘死娘活。她是不记挂家里的。"

　　妈妈，我也用不着向你忏悔，因为我并没有做错事，我要对你说的是底下的话——这些话也许能安慰你，也许更使你伤感，由伤感而得病，由病……妈呀，我怎好写出以下的字呢？

　　我离开你整整地过了五个冬了！妈妈，你大概每到冬天都在念着我吧？而我是很少有时间想到你的。不过今年来，我时时梦见你，梦见你白发苍然，面容憔悴。一天的黄昏时候，在一个深山古庙里，你牵住我的衣裳流泪，我说："时候到了，我有重要事去做，妈，不要拉住我吧！"你还是紧紧地拉住我不放。我不管你的难受，竟忍心使劲地一摔，脱离你逃走了。扑通一声，你倒在地下，待我回头看时，见不着你，只听到一声声凄凉的敲碎离心的梆声——原来我已由梦中惊醒了！……

　　妈妈，你该记得很清楚吧？那是六年前的冬天，二、三哥和我都回来了，姐姐也在家，只有大哥远去益阳。你说："他是不听话的坏东西，愿意在外边流浪，看他老了还要家不？""人生能得几回圆？"父亲说这话时，我们都静默地听着，各人的心弦上都不约而同地弹着伤感之曲。

　　然而现在呢？妈妈，二哥是离了人世，我是等于和二哥一样的，虽然还活着，但是何时能见到你呢？妈妈，我们此生还有见面的一天吗？唉！三哥告诉我，他为了生活的压迫，今年也不能回家过年；大哥是早离开了故乡的。那么妈妈，今年的冬天、你认为"围炉团聚有无限天伦乐趣"的冬天，将怎样过去呢？妈妈，父亲还没有回来吧？他的胡须想来长得更深更白了，牙齿大概都脱了吧？他还记念我不？还想用他的皮袍裹着他的爱女——风陀陀，我小时的乳名——唱着催眠歌吗？提到皮袍，我又难过起来。去年三哥走时，曾留下六十元给我，要我替父亲买件皮袍寄回去，并且说："父亲这样年纪了，知道他还能穿我几件皮袍？你一定要买回去，不要将钱花了！"而我正在他的意料中将钱花了，但是我并不是乱花，是为的吃饭呵！妈，一个人需要饭吃，这总是正当的、应该的吧！今年三哥又来信催我借钱买皮袍给父亲了，我明知他等着要穿，然而我往何处去借呢？自己一个人的生存尚且顾不了，哪里能顾到其他呵。我是逆子，妈，我始终是一个不能孝顺你们的逆子呵！

　　我想到你，妈，就要为你下泪！你太凄凉，你太悲苦，你苦心养大的孩子们，一个个都变成了你的叛徒，到如今，死的死了，活的远走高飞，你希望"儿女长成好享福"的梦打碎了，打个粉碎了！妈，这怎不叫你伤心呢！你是旧的脑筋，旧的思想，旧的生活……一切旧的支配了你整个的人生，整个的命运。妈，有什么办法呢！在旧的社会毁灭，新的社会建设这过程中，像你们这样的人是免不了要痛苦的。但这种痛苦并不是你女儿以及那无数万像你女儿一样的这类叛徒——你所认为的叛徒——赐给你们的。妈，不要怨恨吧，我们正在开始创造比你想的更完善、更快活、更幸福的家庭呵！那个家庭实现以后，世界上的人，都不会有痛苦了。你大概明白我的意思吧，我曾经在家对你说过许多次的。

三哥前天来信说："我亲爱之父母，何不幸而有此凄凉寂寞之暮年。"我是早就想到了的！妈妈，前年冬天你还写过两次信来催我回去，后来我不但没有回来，而且连信也没有一封给你，因此现在再也见不到你的片纸只字了。妈，我想你，想我的父亲，还有和善的姐姐、嫂嫂，天真活泼的侄儿、外甥，和疼爱我的姨妈、六祖母，我都想见她们，然而，哪里能够呢？连吃饭的钱都没有，哪来的路费呵！

妈，你和父亲常说自己是风烛残年，活一天算一天。其实我又何尝不是一样呢？虽然我是个年纪轻轻、身体强壮、精神活泼的孩子，但是旧社会的恶魔，正在张开血嘴，吃这些有血气、精神勇敢、年纪轻轻的孩子呵！……妈，我说得太远了，还转回来吧！

我对你也实在太残酷了！为什么连半个字都不给你呢？我已经得到胜利了，为什么还在怨恨你呢？我不该对你残酷，我应以残酷对待施予我们压迫和痛苦的敌人，妈，我要给你写信，此后再不那样固执了。

我并不以漂泊为苦：四海为家，哪里都可安身，即使永远离开你了，也不会怎样感到悲哀，我有我的事业要干。妈呵，哪有时间容许我来思家！

我想你，在今晚我的确特别想你！我恨不能马上插翅飞到你的面前，倒在你温暖慈爱的怀里痛哭一场。妈，你不是对惠的母亲说过这样的话吗："我只要见她一面，死也心甘！"唉！这是多么沉痛的话呵，你是轻轻地说出，而我却重重地受到了心的打击，我哭不出泪来，我只深深地叹了一声冷气。

"不要难受，只要每月有封信寄回，你的母亲也如见到你一般的。"

我听了惠的母亲的话，我不敢抬头望她了。妈，我对不住你，我为什么不给你来信呢？我太自私，我对你的怀恨，还没有消失。难道我真是个铁石心肠吗？不！妈妈，我是最重情感的人，我对人从不会残酷，只要不是敌人。我想你，我在热烈地想你！现在我完全恢复六年前的情感了，妈呵，我爱你，我永远地爱你！

我明明知道你之所以对我那样残酷，也无非是为了维持封建关系的缘故，其实你的心里何尝忍心使你的女儿生生地和自己分离，任她在外边过着流浪的生活呢？说老实话，亲爱的妈，我一点也不苦痛，我从没有感到我过的是流浪生涯，但在你，早已觉得，我的生活在全家的人说来，算是最可怜了！然而，妈，你们才是真正可怜呵！我虽然常常感到物质生活的苦痛，但精神永远是愉快的、活跃的。妈，你知道我们的理想，你认为永远不能实现的理想，快要在我们的努力与奋斗中，完成它最后的使命了吗？虽然现在的环境一天比一天不同，反动的空气一时比一时紧张，我们在兴奋时连痛快地谈话，唱唱我们的歌都不可能，但是我们在每天睡前的微笑，是希望明天太阳来到的象征，我们千千万万的同志们种下的革命种子，现在将得到收获了！灿烂的鲜花快开遍整个的中华了！统治者的加紧压迫，即是表示革命到了尖锐化的时期；他们的最后挣扎，就是我们的最后胜利的开始！妈，你快活吧，你的女儿写到这里，精神忽然兴奋起来，她想抱着你狂吻呢。

# 柯灵：苏州拾梦记

已经将近两年了，我的心里埋着这题目，像泥土里埋着草根，时时苗长着钻出地面的欲望。

在芸芸众生之间，我们曾经有过无数聪明善良的生物，年轻时心里孕育着一个美丽的梦境，驾了生命之舟，开始向波涛险恶、茫无涯岸的人海启碇，像童话里追逐仙岛的孩子，去寻求那俨若可即的心灵世界。结果却为冥冥中叫作"命运"的那种力量所拨弄，在一些暗礁和激湍中间，跌跌撞撞地耗尽黄金色的年轮，到头是随风逐浪到处漂流，连方向也完全迷失——这样的事我们看见过许多，我这里想提起的只是一个女性的故事。而她，也就是我的衰老的母亲。

因为避难，这年老人离开我们两个秋天又两个冬天了。在那滨海一角的家乡，魔爪还没有能够延伸到的土地上，她寂寞地数着她逐渐在少了下去的日脚。只要一想着她，我清楚地看见了彷徨于那遭过火灾的破楼上的孤独身影，而忧愁乃如匕首，向我作无情的脔割了。我没有方法去看她，睁着眼让可以给她一点温暖的机会逝去，仿佛在准备将来不可挽救的悔恨。

苦难的时代普遍地将不幸散给人们，母亲所得到的似乎是最厚实的一份。我记起来，她今年已经是七十三岁了；这一连串悠悠的岁月中，却有近五十年的生涯伴着绝望和哀痛。在地老天荒的世界里，维系着她一线生机的，除却与生俱来的生命的执着，是后来由大伯过继给她的一个孱弱多病的孩子——那就是我。正如传奇小说所写，她的命运悲惨得近乎离奇。二十几岁时，她作为年轻待嫁的姑娘，因为跟一个陌生男子的被动的婚约，从江南繁华城市，独自被送向风沙弥天的辽远的西北，把一生幸福交托给我的叔父。叔父原只是个穷酸书生，那时候在潼关幕府里做点什么事情，大约已经算是较为得意，所以遣人带着大把银子，远远地迎娶新妇去了；但一半原因却是为着他的重病，想接了新妇来给自己"冲喜"。当时据说就有许多人劝她剪断了这根不吉利的足上的赤绳，她不愿意，不幸的网也就这样由自己亲手结成。她赶到潼关，重病的新郎由人搀扶着跟她行了婚礼，不过一个多月，就把她孤单单地撇下在那极其寒冷的世界里了。我的冷峻的父亲要求她为死者守节，因为这样方不致因她减损门第的光辉。那几千年来被认作女性的光荣的行为，也不许她有向命运反叛的勇气。——这到后来她所获得的是中华民国大总统题褒，一方叫作"玉洁冰清"的宝蓝飞金匾额，几年前却跟着我家的旧厅堂一起火化了。——就是这样，她依靠着大伯生活了许多年，也就在那些悲苦的日子里，我由她抚养着生长起来。

哦，我忘却提了，她的故乡就在那水软山温的苏州城里。时光使红颜少女头白，母亲出嫁后却从此不再有机会踏上她出生的乡土。悠悠五十年，她在人海中浮荡。从陕西到四川，又到南国的广州。驴背的夕阳，渡头的晓月，雨雨风风都不打理这未亡人的哀乐。清朝的覆亡使我的父亲丢了官，全家都回到浙东故乡，这以后二十年的暮景，她更从荣华的边缘跌入衰颓的困境。家里的人逐渐死去，流散了，却留着这受尽风浪的老人，再来经历冷暖人情、炎凉世味。四五年前的一把火，这才又把她烧到了上海。

上帝怜悯！越过千山万水的迷路的倦鸟如今无意中飞近了旧枝。她应当去重温一次故园风物！

可是一天的风云已经过去。她疲倦得连一片归帆也懒得挂起。"算了罢，家里人都完了。亲戚故旧也没有音讯了，满城陌生人，有什么意思！"她笑，那是饱孕了人生的辛酸，像蓦然梦醒，回想起梦中险巇似的，庆幸平安的苦笑。接着吐出个轻轻的叹息："嗳，苏州城里我只惦记着一个人，那是我的小姊妹，苦苦劝我退婚的是她（我当时怎么肯！）；出嫁时送我上船，泪汪汪望着我的是她。听说而今还在呢，可不知道什么样儿了，有机会让我见她一面才好。"蹉跎间这愿望却也延宕了两个年份。一直到前年，也就是战争爆发的那一年春天，我才陪着她完成了这伤感的旅行。

是阴天，到苏州车站时已经飘着沾衣欲湿的微雨。雇辆马车进城，嘚嘚的蹄声在石子路上散落。当车子驶过一条旅馆林立的街道，她看看夹道相迎的西式建筑，恰像是乡下孩子闯进了城市，满眼是迷离的好奇的光。我对着这地下的天堂祝告：苏州城！你五十年前出嫁的姑娘，今天第一次归宁了。那是你不幸的儿女，不！如今她是你有着冰雪似的坚贞的娇客，看着乡土的旧谊，人类的同情，你应当张开双臂，给她个含笑的欢迎！

但时间是冷酷的家伙，一经阔别便不再为谁留下旧时痕迹，每过一条街，我告诉母亲那街道的名字，每一次，她都禁不住惊讶得忽地失笑："哎哟，怎么！这是什么街，不认得了，一点也不认得了！"

在观前街找个旅馆。刚歇下脚，心头的愿望浮起。燕子归来照例是寻觅旧巢，她一踏上这城市，急着要见的是那少年的旧侣。可是我们向哪儿去找呢？这栉比的住房，这稠密的人海，白茫茫无边无岸，知是在谁家哪巷？纵使几十年风霜没有损伤了当年的佳人，也早该白发萧萧，见了面也不再相认了。但我哪有理由跟勇气回她个不字？

母亲在娘家时开得有一家烛铺，后来转让的主人就是那闺友的父亲，想着这些年来世事的兴替，皇室的江山也还给了百姓，一家烛铺的光景大约未必便别来无恙。但母亲忽然飞来的聪明记起了它。向旅馆的茶房打听得苏州还有着这个店号，我就陪着她开始向大海捞针。

烛铺子毕竟比人经得起风霜，虽然陈旧，却还在闹喧喧的街头兀立。母亲勇敢而且高兴地迎上去，便向那店伙问讯："对不起，从前这儿的店主人，姓金的，你知道他家小姐在哪一家，如今住在哪里？"

我站在一旁怀着凭吊古迹似的心情。这老人天真的问话却几乎使我失笑。那店伙年轻呢，看年纪不过二十开外，懂得的历史未必多，"小姐"这名词在他心里又岂不是一个娇媚的尤物？我只得替她补充：金小姐，那是几十年前的称呼了，如今模样大约像母亲似的老太太一位。听着我的解释，那店伙禁不住笑了。

可是，人生有时不缺乏意外的奇迹，这一问也居然问出了端倪。我们依着那烛铺的指示，又辗转访问了两处。薄暮时到了巷尾一家古旧的黑漆门前。

剥啄地叩了一阵，一位祥和的老太太把我们迎接了进去。可是她不认得这突兀的来客。

"找谁？你们是找房子的？"

"不，是找人，请问有一位金小姐可住在这里？"

主人呆了半天，仿佛没有听得清意思。"哎哟！"母亲这一声却忽然惊破了小院黄昏的静寂。她惊喜地一把拖住了主人。

"哦，你是金妹！"

"哦，你是……三姐！"

夜已经无声地落在庭院里了，还是霏霏的雨。从一对老年人莹然欲泪的眼睛里，我看出比海还深的人世的欢喜与辛酸，体味着不能用语言表达的奥妙的意思。我的心沉重得很，也轻松得很。我像在两小时里经历了一世纪。感谢上帝降福于我不幸的母亲！

把母亲安顿在她的旧侣的家里，我自己仍然在旅舍里住着。

春快要阑珊了！天气正愁人，我在苏州城里连听了三天潺潺的春雨。冒着雨我爬过一次虎丘，到冷落的留园和狮子林徘徊了一阵。我爱这城市的苍茫景色，静的巷，河边的古树，冷街深闭的衰落的朱门。可是在这些雾似的情调里，有多少无辜的人们，在长久的岁月中度着悲剧生涯？

我的心情有些寥落。但我为母亲的奇遇高兴。五十年旧梦从头细数，说是愁苦也许是快乐。人类的聪明并不胜如春蚕，柔情的丝缕抽完了还愿意呕心沥血，一生的厄运积累得透气的空隙也没有，有时只要在一个——仅仅一个可以诉苦的人面前赢得一把眼泪、一声同情的感喟，也可以把痛苦洗涤干净。我不能想象母亲的情怀，愿这次奇遇抖落她过去一切……

第四天晚上离开苏州时天却晴了。一钩新月挂在城头，天上粼粼的云片都镶着金色的边——好会捉弄人的天！路畔一带婆娑的柳影显得幽深而且宁静，却有蹄声嘚嘚，穿过柳荫向那永远是行色匆匆的车站上响去。别了，古旧的我的母乡苏州！明儿我们看得见的，是天上那终古不变的旧时明月！

别离的哀伤又在刺着衰老的心了。可是从母亲的脸上，我看见了一片从来没有的光辉。"嗳，总算看见她了！做梦也想不到。她约我秋天再来，到她家里多住一阵子。也好，大家都老了，多见一面是一面。"我知道，她在庆幸她还了多少年来的夙愿。

可是就在这一年的夏天，时代起了激变。在上海暴风雨的前夜母亲回到了残破的家乡，一年半来她就像被扔在一边似的寂寞地活着。而她的早已无家的母乡，落入魔掌也一年多了。在这风雪的冬天，破楼上摇曳着的煤油灯下，不会埋怨人生的过于冷酷吗？战士的心里也许只有搏斗，我却时时想起我的不幸的母亲，和这战争中一切母亲的悲运。

　　可是母亲却惦记着苏州，惦记着苏州的旧侣，絮絮地从信里打听消息。可怜的母亲，我可以告诉您吗？您的母乡正遭着空前的浩劫。您的唯一的旧侣，我不敢想象她家里的光景。有一时我常常把一件事情引为自慰，那就是那一次苏州的旅行，因为我想如果把那机会放走了，怕也要永远无法挽回。但我如今倒有些失悔了，没有那一次坠梦的重拾，也许这不幸的消息给她的分量还要轻些？我又怀着一种隐忧："树高千丈，落叶归根。"母亲说过她愿意长眠在祖茔所在的乡土，她会不会再在晚年沦入奴隶的恶运，像她的旧侣一样，风前的残烛再使她作异乡的漂泊？

# 端木蕻良：母亲

母亲，她是很年轻就结了婚的。她生着很黑的头发，长长地散开来可以拖在地上，在奇异的北国，这将被许为人生中最美丽的光辉。一副睫毛纤长的美目，衬着常常蹙着的眉峰，永远含着爱情，永远含着感伤。肢体，有的是健康的苗条，完全刻画出一个古典的美的形。在当年，她是鸳鸯湖畔有名的美人，就是现在她的眸子也透露着她过去的光辉。

在先前，她原是个田野的女孩，每天里，将童稚的生活，完全花费在山旁、河边，或是林町、草甸。真的，在那时，她的整个，便是天真的化身，世界再没有像她那样快活的人。她不晓得什么是烦恼，或是苦闷，她懂得的只是那么蓝的天，那么碧的水，那么绿的树，配着她那么美妙的人。而且自己又是那么高兴，那么快乐，成天价徜徉在湖滨、山畔。高兴了，便凑趣似的，帮着嫂嫂来工作。有时和别的女孩玩腻了，才卖弄一点儿鬼聪明来捉弄最爱护自己的姑母来讲一曲神话——这样，她便把自己看作天上的云雀，而这只云雀，便是诗人的诗中所描画的那只。

全村的少年，都倾倒在她面前，但是她并没有特别地喜悦了谁，她只是无关心地、无顾忌地流露着青春的乐趣，也并不是有意来倾倒了谁，或是存心地卖弄几手。

这样她过着美妙的青春。

但是不幸的征兆就要来临，一点都不迟疑。

有一天晚上，门口来了一个赶路的人，笑着向我那好心眼儿的外祖父借宿，外祖父可怜这流浪人的生活，他说："你就留在我们的空屋里，明天，你吃完了饭，再赶路。"就这样，那个人留下了。

夜里，那人走出来，开了门，放进他的同伙……

土匪在财物之外，还要贯彻第二个目的。

"啊！你家有个好姑娘哩，你的姑娘呢？说！"

"老爷，饶了我吧，昨天上她外婆家串门去了。"

"那被里盖着的是什么？"

"那是我的小儿子——老爷，可怜吧！"说着那外祖母便向着被说，"别哭，我的好孩子，老爷不打你呢。"接着又把被盖严了一点。那时，我五舅，还是个五岁的小孩子，他向着那土匪跪着说："老爷，别欺负我的小弟弟。"那土匪看见这种有趣局面，便嘲弄着说："别惊动了人家的老宝贝。"——意思是嘲弄我外婆虽然老了，还养小孩。——那土匪说着便站起来向架上去取包袱。

这被里，便是我的母亲，母亲在被里听见了这种滑稽的问答，竟忘却自己是在扮演这幕悲剧的主角。她天真地笑了。孩子气的好奇心支配着她掀开被边来偷看。

据母亲后来的描述，说方才问话的是个穿着牛皮快靴，带着腿匕首的黑脸大汉，取出外祖父的腰带便扎在自己的腰上——这就是白天过路求宿的那个，母亲日里还见过他，因为黄昏里那汉子没有看见母亲的影子，否则不幸的事便要更加不幸了。这时候，一个包袱打在我母亲的身上，母亲连忙堵住了嘴，外边外祖母又在哀求……

这就是那时我的母亲，完全是不懂世故的孩子。

土匪走得远了，官兵来缉盗，缉盗的结果，是把土匪没有抢去的东西，给抢去了。

这次的结果，我的外祖父的全部的家产，便都扫光了，而且浑身还烤成了大泡。赶到外祖父的伤痕结了疤的时候，为了弄到医药的缘故，就连那次搭救母亲的那条被子也送到当铺去了。

许多的客人，在慰问我外祖母的时候，便暗示着说，母亲是笔好钱，我外祖父用正色把他们斥退了。

但是，这当儿，地主的少爷来拜访了。

那个眉清目秀的少爷，穿着金丝绒的坎肩，配着一副银鼠皮的开衩大袍，手里倒是有一条马鞭，很潇洒地走到外祖父的床前，深深地行了一礼。外祖父挣扎着想要起来还礼，可是少爷却很恭敬地走过来按着说："你老不必了。你老侍候太爷多少年了，给我家也不知道效过多少力，你老在我们面前，便是长辈，那还和我们小孩子们客气什么。我们有什么错处，还得求你老的指示呢。"老人深深地惊讶，这个骄奢淫逸的少爷，会说出这样温厚的话来。不由得一片光明，从心里展开，怪不得阴阳先生说："本宅地居坎方，应藏龙卧虎之格，数历千年不替。"真是一字不差。

老年人一则是喜欢这少年的知礼，一则觉得自己没有白白替太爷效力一场，不由得流下泪来。于是那少爷取了五十两银子，说是给老年人买点心吃。当老人力辞的时候，少年又说："本宅的家业，便是你老一半。这一点些微的礼物，你老还推辞什么，要是嫌少的话，晚上再送五百来，这不算什么，我并不是因为你老人家遭了难，才来帮衬，实在是怕寒了你的心。"

那忠实的老头儿被这种含有甜味的话给激动住了，眼里簌簌地又流下安慰的泪来。

少爷说完，便辞出来，和门外的跟班，上马，向城里飞跑去了。

晚上送来了一千两纹银，外祖父谢辞的时候，来人便说："少爷有话，不许拿回，要是拿回，便是卷了爷的脸。"老头儿又叹息了一番，心里便想着，先留下一半吧，得我好了时再还他，先借重了一步。

第二天，有四个穿着整整齐齐的女人来给宁姑娘说亲。

老年人的灵魂，突然地震抖了一下，但是面孔立刻又回复到往常的镇静。

唉！自己还是太温厚了一点，预先没有想到，会有今天的结果。但是，我能吗？我能把我的女儿送到火坑里去吗？不行的，我要拼我这条老命。

"事到如今，已经无可挽回了。必是姑娘的命中注定如此。其实要拿辛家的势派，要咱们一个乡下姑娘，还不配吗？要是拿宁姑娘的人才模样来讲，只要把他侍候周到，使他不找野食吃，那还有什么说的呢。就是退一步想，拿辛府那大的产业，尽着他量糟蹋，一世也花不净。况且这件事情也真难办，官宦人家咱们攀不上，乡下人家，咱们看不上眼。而且，你老也得想一想，我们一不为财，二不为利，这也不是把黄花闺女拖到乱泥里去，我们从这里掏一把油水，这完全是你两家结百世之好。而且咱不恋着别的，也得恋着辛府那份财产不是。吓，好大的势派……"

但是外祖父把他们骂了，事情就更僵起来。

晚上，大舅醉醺醺地走来，跨进门槛便嚷道：

"辛府上，他也太欺负人了。他也没想想，他那不成器的脑瓜骨，也想娶我的妹妹！现在街上都传遍了，说老王家倒了霉，受了辛府的钱，卖了姑娘。爹，你受了他的钱，我不能帮着担这黑名，我非和他妈的拼一个你死我活不可。"

"你喝了两盅酒，又来气你老子，你给我滚开。"老头儿心里虽然欢喜自己的儿子有骨头，但是为了保持父亲的尊严，又想把这件事情担在自己身上，所以便申斥了他。

但是，晚上嫁妆送来了，外祖父气得把东西抛到外边去；可是接着第二批又送来，第三批又送来……每批都用二三十个挑夫，到了便聚着不走，嚷着要喜钱，钱给了一次，还要第二次。

母亲的面色惨白了。用少女的锐感，觉得不幸就会降临了。于是叫小菊来耳语了一会儿。

菊儿回来的时候说：四围满是人了。前后门都有拿着枪的把着。许进不许出，不分男女。

母亲惘然地把一顶男人的帽子从头上取下，便把头埋在手里。一会儿，她疯狂地跑到外祖父的床前。

"答应了吧，爹爹。事情是已经不能挽回了，再弄就更糟了。爹爹……"母亲疯狂似的哀求。外祖父依然镇定，看不出一点儿表情。

突然，在外面产生了很大骚搅，叫骂声和械斗声，母亲失望了，她停止了一切的恳求。她死了似的木立着。外祖父惊恐地震动了一下，就又镇静、微微地摇了一下头，父女相互地注视了一眼，外祖父便凄然地说："宁啊，你到那里，好好地服侍他吧，一切都是命啊……"母亲颓然地倒在外祖父的怀里，相抱地哭了。

外祖父醒来的时候，母亲已经不见了。外面传来呻吟声，老人家于是又把眼睛闭上了。

大舅在外面叫骂，说非报这仇不可，同时，又后悔自己雇的同伙太少了。

任凭是千万的温存，母亲的回答，是个冰冷。于是对方准备毒打了，但是因为祖母的庇护，他放弃了那种计划。结果，他每天晚上都要出去酗酒，打牌，找女人。

风声一天比一天紧了，说父亲又要讨个新女人，于是祖母生了气，说母亲没有尽了妇人的本分，以致丈夫学坏，就这样，母亲失败了。在父亲凌迟着母亲的肉体时，我便成了这期间的纪念。

她该是如何的伤心啊，当她看见那发泄完了的男人倒在她的身旁，她却在悄悄地啜泣。

　　到后来，父亲的野心受了创伤，自己每天所憧憬的虎位，一天比一天地破灭，于是才意识到夫妇的意义，稍稍地收敛了自荒的行径，想到母亲面前来忏悔自己的罪恶。在这幸福就要来的当儿，我的妹妹突然死了。

　　在爱与恸的动荡中，父亲感到一种无助的悲凉，在这悲凉里，反衬出自己的野心的幻灭和对于母亲的恶毒，于是自己便忧伤地死了。死的时候，没有一滴眼泪，也没有一声叹息。

　　他的死，代替了向母亲的赎罪，但是不幸的母亲便把这刚要变好的父亲，轻轻地失去。

# 戴厚英：母亲的照片

母亲穿着大红绸袄拍的两张照片已经印好。我仔细端详，仿佛又看见了母亲当年的美丽和端庄，那一对深陷的眸子，又闪出热情聪慧的光彩。柔细如丝的头发，早已全白；当年那个乌黑的、续了假发绾成的美丽的大纂也早已成为儿女们的记忆。这几年，我多次劝她，把头后那小小的髻剪了，梳个短发。回答总是：不，那多难看。可是，髻儿越来越小，终于梳不住了，不得不用个卡子别起来。额前的短发怎么也梳不上去，终日蓬松着，飘拂着，像她的耗损殆尽的生命。然而，在这两张照片上，短发被发油抿起，只有耳边的两绺微微蓬松在耳外，倒显出几分生气。

那天，母亲穿上散发着太阳气味的大红寿衣，在镜子前照来照去，完全忘了眼下正是炎热的六月天气，被太阳晒了一天的寿衣，更是每一个针眼儿都往外冒着热气。

母亲被她镜子里的红润的脸色迷住了。大病之后，她的脸色一直是黄黄的，脸皮也是干干的，害得她都不敢照镜子了。可是这会儿，在红袄的映照下，在汗水的滋润下，病容几乎不见了。

今年夏天，我从美国回到上海，未敢停留，就回家乡去探望母亲了。我正是为了母亲的病而匆匆回国的。

当母亲听见我的声音从屋里走出来拉住我的手时，我悬着的一颗心落下了——母亲好了。但是，在回家的最初的那些日子里，所有的亲人和邻居都向我诉说着母亲今春的病，我才知道，那病实在是因我的出国而发的。母亲被一些传说吓坏了，以为我再不可能回国，母女再无见面的机会。

母亲病得实在厉害，以至于所有的后事都已准备齐全，包括寿衣、孝巾。如今这些都是备而不用的东西了，还要不时地拿出来晾晾晒晒。

这样可以拍张照片吗？母亲对着镜子问我。

我马上拿出照相机，让她坐在堂屋沙发上，为她拍了两张。

我说最好把所有的寿衣都穿上拍几张照片，我想看看，穿上这身衣服好不好看。母亲意犹未尽，一面说，一面又去照镜。

母亲总是爱美。不但自己要衣着合体干净，而且也这样要求家里每一个人。记得有一次她从外地串亲戚回到家乡，看见站在河边接船的父亲穿着一件有了汗渍的汗衫，不等到家，就坐在河边哭了起来，数落着父亲无用，不能照顾自己，责备着小辈粗心，未能照料好老人。如今快八十岁了，连寿衣的款式针脚也一点不肯马虎，为她操办寿衣的大姐不知被她责备了多少次，为难地哭了多少场。我理解，母亲希望自己留给儿孙们的最后一个印象也是美丽的。

可是今天要穿起全部寿衣照相？天！那要再加一套蓝缎棉

袄裤，一顶蓝色棉帽，一双绣花棉鞋，还有一副白丝扎腿带。

我说，算了吧，妈。等天凉快了，我好好给你照几张，今天还是把这些收起来吧。

母亲肯定自己也觉得热了，脱下红棉袄，让我包好，收进衣橱，说：等天凉快……

可恼的天，整个夏天一直酷热，直到我回上海的时候，也没有一丝凉意。我怕热坏了母亲，便不敢重提她那穿起全部寿衣拍照的心愿。我想，总还有机会。

要是我能活八十五岁，还有七年，这不算贪心吧？人家还活一百多岁呢。母亲不住地问我，好像阎王爷的生死簿由我保管着。她说，我不是怕死，就是舍不得。一辈子吃辛吃苦，好容易活到今天，儿女们个个成家立业，可以让我享享清福，怎么就要死了呢？孙子还没娶妻，出国的外孙女还没回来……

我总是笑着回答：放心，你能活一百岁。然而，在心里，我却在默默祷告，若能让她在这几年少受一点疾病的折磨，我就心满意足了。

母亲确实老了，弱了，她那盏生命之灯的油快耗尽了，灯火昏暗而摇曳，时刻都让人担心，它会突然熄灭……

我相信母亲的话，她不是怕死，只是舍不得。眼前的生活，对别人也许不算什么，但是对她，可是得来不易啊！

母亲七岁丧母，九岁丧父，连唯一疼爱她的祖母也被日本鬼子残酷地杀害，尸骨无存。日本人剖开老人的肚子，挖去了老人的心肝，据说是当菜吃了。母亲只能寄养在亲戚家里，过一半小姐一半使女的生活，为此，她不能读书，这是她的终身憾事。如果她识字，谁能料定她会有多大的作为呢？她是那么聪明。

母亲的聪明只能用在家务上，她学会了一手好针线，好茶饭，成了一个极其能干的主妇。

母亲生养了十一个孩子，成活了七个。每一个孩子都是她亲手带大的。从我记事时起，就记得她的针线簸箩里装满了鞋样和鞋底，孩子们一双双鞋帮都是绣花的。猫头鞋、虎头鞋、风帽、瓦片帽，哪一样不是她亲手缝制？我们读书以后，为了不让我们的穿着显得土气，她又亲手为我们缝制各种时装。旗袍、中山装，没有一样她不会的。在家道败落、遭遇不幸的时候，她又从家庭走上社会，给人做针线帮助父亲养家活口。

在全家下放农村务农的时候，母亲已经五十多岁了，但是她像所有的乡下妇女一样劳动，学会了各种的农村活计，成了家中一根顶梁柱。

要是没有母亲，我们一家能熬过那十年艰难的日子？不能。戴着政治帽子的父亲实在太善良太软弱了，在强大的压力下他常常手足无措，一切都要母亲支撑。

那年，我们全家即将调回城镇，小弟弟早就不满的那门包办的亲事也面临破裂。满脑子孔孟之道又害怕被人指责的父亲一定要小弟将亲事维持下去，小弟感到走投无路而寻死上吊。当家人将小弟从绳上放下来呼喊抢救的时候，母亲咬着牙下了一道命令：这门亲事不算了！我不能逼死自己的儿子。要骂，骂我；要赔不是，我去；要是犯了法，我坐牢。小弟终于获得了自由。

母亲是我们兄弟姐妹的共同保姆。她几乎给我们所有的人带过孩子。在外地工作的我和大姐，都曾把孩子送到她那里，我的孩子一直在她身边生活到小学毕业；早夭的三妹撇下一个三岁的儿子是她带大的；接着是四妹的女儿，大弟二弟的儿女。当小弟的孩子出世的时候，她已年过七旬，实在不能带了，为此她愧疚不已：我要是年轻五岁……实在，要不是我们这些儿女的反对，她还是会带的。为了领大一个个孩子，她不得不在四十岁的时候就和父亲分房而居，今年，他们才重新住到一间房里。父亲为此来信感谢我们小辈，说我们使他们两老"生前死后之事均有所靠"。读着这样的信，我心中真像倒翻了五味瓶。我们和他们，到底谁该感谢谁啊！

我们终于熬了过来，如今的日子虽无大富大贵，但不愁温饱，阖家和睦，母亲非常满足了。她就是要多过几年这样的日子，然而她却老了，病了，来日不多了……

就在晒过寿衣几天之后，母亲又发病了。她把我的手放在她那狂跳的心口上，放声大哭。她哭她的命苦，哭她难以舍弃的亲人，特别哭她难以舍弃的我："别的儿女用不着我多照应了，他们的日子都过得热热乎乎的，只有你，一只孤雁，往哪里飞？"母亲紧紧地拽住我的手，我只有流泪。但是此刻，我并不觉得自己可怜，只觉得无法报答母亲无边无际的爱。

父亲和母亲都习惯了乡下简朴的生活，对现代化的享受不感兴趣。他们唯一的希望，就是多活几年，再给儿孙们一些爱，再享受一些儿孙们的爱。相比之下，他们付出的太多，得到的太少。尽管他们常常埋怨人心不古，孝顺儿孙已经少见了，但他们还是在毫无保留地付出他们的爱。

母亲爱了一辈子，好像还没爱够。父亲也是。我不记得他们恨过什么。

我希望掌握生死牌的神明能满足我母亲的愿望，让她活到八十五岁。在爱越来越少的世界上，这些充满爱心的老人不该受到特别的保护吗？

第五辑

母爱无言，
却如细水长流

# 郭沫若：母亲爱我，我也爱她

　　在一生之中，特别是在幼年时代，影响我最深的当然是我的母亲。我的母亲爱我，我也爱她。我就到现在虽然有十几年不曾看见过她，不知道她现在是生死存亡，但我在梦里是时常要和她见面的。她的一生的历史也可以说是一部受难的历史。

　　我的母亲是一个零落了的官家的女儿，所以她一点也没有沾染着什么习气。她在十五岁也就嫁到我们家里来了。论起阀阅来，我们和杜家当然不能算是门当户对。我们是两个麻布袋起家的客籍人，一直到我们祖父的一代才出了一个秀才。这和州官大老爷门第比较起来当然要算是高攀了。不过我母亲是庶出，州官又是死了的州官，死了的老虎不吃人，所以州官的女儿也就可以下嫁到我们家里了。

　　家里虽然成了一个中等地主，但在我有记忆的时候，我记得我们母亲还背着小我三岁的弟弟亲自洗他的尿布。由我以上的二兄二姐的鞠育，不消说都是我们母亲一人一手的工作了。我们是一个大家庭，母亲初来的时候，听说所过的生活完全和女工一样，洗衣、浆裳、扫地、煮饭是由妯娌三人（那时我们的九叔还小）轮流担任。一手要盘缠，一手还要服务家庭，令人倍感着贫穷人的一生只是在做奴隶。

和父亲的风貌正成反照的是我的母亲。母亲给我的印象是开明的，乐观的。她有一个白皙的三角形面孔，前头部非常的发达，我们的弟兄姊妹都和她的面孔很相近。

母亲的资质很聪明，她幼时就成为无父无母的孤儿，她完全没有读过书，但她单凭耳濡目染，也认得一些字，而且能够暗诵得好些唐诗。在我未发蒙以前她教我暗诵了很多的诗，有一首是：

淡淡长江水，悠悠远客情。

落花相与恨，到地一无声。

这是一首唐诗，我始终能够记忆的，但我总没有机会去考查这诗的作者和题名。——其实这并不是好稀罕的诗，是很容易考查的。

母亲手很巧，很会绣花。她总是自画自绣。乡里人很夸赞她。但她画的荷花上，荷叶是在荷花梗上生枝。我们后来笑她，她说："我是全凭一个人想出来的，哪比你们有什么画谱、画帖呢！"

母亲的性格当然也是自负心很强的。

我母亲教我念诗，这是很有趣味的一种游戏。最有挑拨性的是那首《翩翩少年郎》的诗句：

翩翩少年郎，骑马上学堂。

先生嫌我小，肚内有文章。

那在发蒙以后怕已经有一两年了，先生是爱用细竹打人的时候。小小的一个头脑打得一头都是包块，晚上睡的时候痛得不能就枕，便只好暗哭。母亲可怜起来，她寻出了一顶硬壳的旧帽子给我，里面是有四个毡耳的。

这顶帽子便是一个抵御刑具的"铁盔"了。先生打起来只是震空价的响，头皮一点也不痛。我的五哥便和我争起这顶帽子来。有一天在进学堂的途中他给我抢去了，我便号啕痛哭起来。这使先生发觉了那个秘密，他以后打我的脑壳时，要揭去帽子再打了。

就这样又打得一头都是包块，晚上又不能就起枕来。我们母亲这回也没有办法了。

# 鲁彦：母亲的时钟

　　二十几年前，父亲从外面带了一架时钟给母亲：一尺多高，上圆下方，黑紫色的木框，厚玻璃面，白底黑字的计时盘，盘的中央和边缘镶着金漆的圆圈，底下垂着金漆的钟摆，钉着金漆的铃子，铃子后面的木框上贴着彩色的图画——是一架堂皇而且美丽的时钟。那时这样的时钟在乡里很不容易见到；不但我和姊姊非常觉得稀奇，就连母亲也特别喜欢它。

　　她最先把那时钟摆在床头的小橱上，只允许我们远望，不许我们走近去玩弄。我们爱看那钟摆的晃摇和长针的移动，常常望着望着忘记了读书和绣花。于是母亲搬了一个座位，用她的身子挡住了我们的视线，说：

　　"这是听的，不是看的呀！等一会又要敲了，你们知道呆看了多少时候吗？"

　　我们喜欢听时钟的敲声，常常问母亲："还不敲吗，妈？你叫它早点敲吧！"

　　但是母亲望了一望我们的书本和花绷，冷淡地回答说："到了时候，它自己会敲的。"

钟摆不但自己会动，还会嗫嗫地响下去，我们常常低低地念着它的次数；但母亲一看见我们嘴唇的翕动，就生起气来。

"你们发疯了！它一天到晚响着，你们一天到晚不做事情吗？我把它停了，或是把它送给人家去，免得害你们吧！……"

但她虽然这样说，却并没把它停下，也没把它送给人家。她自己也常常去看那钟点，天天把它揩得干干净净。

"走路轻一点！不准跳！"她几次对我们说，"震动得厉害，它会停止的。"

真的，母亲自从有了这架时钟以后，她自己的举动更加轻声了。她到小橱上去拿别的东西的时候，几乎忍住了呼吸。

这架时钟开足后可以走上一个星期。不知母亲是怎样记得的，每次总在第七天的早晨不待它停止，就去开足了发条。和时钟一道，父亲带回家来的，还有一个小小的日晷。一遇到天气好太阳大，母亲就在将到正午的时候，把它放在后院子的水缸盖上。她不会看别的时候，只知道等待那红线的影子直了，就把时钟纠正为十二点。随后她收了那日晷，把它放在时钟的玻璃门内。我们也喜欢那日晷，因为它里面有一颗指南针，跳动得怪好看。但母亲连这个也不许我们玩弄。

"不是玩的！"她说，"太阳立刻就下山了，还不赶快做你们的事吗？……"

这在我们简直是件苦恼的事情。自从有了时钟以后，母亲对我们的监督愈加严了。她什么事情都要按着时候，甚至是早起、晚睡和三餐的时间。

冬天的日子特别短，天亮得迟黑得早。母亲虽然把我们睡眠的时间略略改动了些，但她自己总是照着平时的时间。大冷天，天还未亮，她就起来了。她把早饭煮好，房子收拾干净，拿着火炉来给我们烘衣服，催我们起床的时候，天才发亮，而我们也正睡得舒服，怕从被窝里钻出来。

"立刻要开饭了，不起来没有饭吃！"

她说完话就去预备碗筷。等我们穿好衣服，脸未洗完，她已经把饭菜摆在桌上。倘若我们不起来，她是决不等待我们的，从此要一直饿到中午，而且她半天也不理睬我们。

每次当她对我们说几点钟的时候，我们几乎都起了恐惧，因为她把我们的一切都用时间来限制，不准我们拖延。我们本来喜欢那架时钟的，以后却渐渐对它憎恶起来了。

"停了也好，坏了也好！"我们常常私自说。

但是它从来不停，也从来不坏。而且过了两三年，我们家里又加了一架时钟了。

那是我们阴配的嫂嫂的嫁妆。它比母亲的一架更时新，更美观，声音也更好听。它不用铃子，用的钢条圈，敲起来声音洪亮而且余音不绝。

我们喜欢这一架，因为它还有两个特点：比母亲的一架走得慢，常常走不到一星期就停了下来。

但母亲却喜欢旧的一架。她把新的放在门边的琴桌上，把揩抹和开发条的事情派给了姊姊。她屡次看时刻都走到自己的床边望那架旧的。

"你喜欢这一架，"母亲对姊姊说，"将来就给你做嫁妆吧。当然，这一架样子新，也值钱些。"

　　我想姊姊当时听了这话应该是高兴的，但我心里却很不快活。我不希望母亲永久有一架那样准确而耐用的时钟。

　　那时钟，到得后来几乎代替了母亲的命令了。母亲不说话，它也就下起命令来。我们正睡得熟，它叮叮地叫着，逼迫我们起床了；我们正玩得高兴，它叮叮地叫着，逼迫我们睡觉了；我们肚子不饿，它却叫我们吃饭；肚子饿了，它又不叫我们吃饭……

　　我们喜欢的是要快就快、要慢就慢、要走就走、要停就停的时钟。

　　姊姊虽然有幸，将得到一架那样的时钟，但在出嫁前两三个月，母亲忽然要把它修理了。

　　"好看只管好看，乱时辰是不行的。"她对姊姊说，"你去做媳妇，比不得在家里做女儿，可以糊里糊涂、自由自在呀。"

　　不知怎样，她竟打听出来了一个会修时钟的人，把他从远处请到家里，将那架新的拆开来，加了油，旋紧了某一个螺丝钉，弄了大半天。

　　母亲请他吃了一顿饭，还用船送他回去。

　　于是姊姊的那架时钟果然非常准确了，几乎和母亲的一模一样。这在她是祸是福，我不知道。只记得她以后不再埋怨时钟，而且每次回到家里来，常常替代母亲把那架旧的用日晷来对准；同时她也已变得和母亲一样，一切都按照着一定的时间了。

　　我呢，自从第一次离开故乡后，也就认识了时钟的价值，知道了它对于人生的重大的意义，早已把憎恶它的心思一变而为喜爱的了。因为大的时钟不合用，我曾经买过许多挂表，既便于携带，式样又美观，价钱又便宜。

我记得第一次回家随身带着的是一只新出的夜明表，喜欢得连半夜醒来也要把它从枕头下拿来观看一番的。

"你看吧，妈，我这只表比你那架旧钟有用得多了，"我说着把它放在母亲的衣下，"黑角里也看得见，半夜里也看得见呢！"

但是母亲却并不喜欢。她冷淡地回答说："好玩罢了，并且是哑的。要看谁走得准、走得久呀。"

我本来是不喜欢那架旧钟的，现在给她这么一说，我愈加发现它的缺点了：式样既古旧，携带又不便利，而且摆置得不平稳或者稍受震动就会停止；到了夜里，睡得正甜蜜的时候，有时它叮叮敲着把人惊醒了过来，反之，醒着想知道是什么时候，却须静候到一个钟头才能听到它的报告。然而母亲却看不起我的新置的完美的挂表，重视着那架不合用的旧钟。这真使我对它发生更不快的感觉。

幸而母亲对我的态度却改变了。她现在像把我当作了客人似的，每天早晨并不催我起床，也并不自己先吃饭，总是等待着我，一直到饭菜冷了再热过一遍。她自己是仍按着时间早起，按着时间煮饭的，但她不再命令我依从她了。

"总要早起早睡。"她偶然也在无意中提醒我，而态度却是和婉的。

然而我始终不能依从她的愿望。我的习惯一年比一年坏了：起来得愈迟，睡得也愈迟，一切事情都漫无定时。我先后买过许多表，的确都是不准确的，也不耐久的；到得后来，索性连这一类表也没用处了。

但母亲却依然保留着她那架旧钟：屋子被火烧掉了，她抢出了那架旧钟；几次移居到上海，她都带着那架旧钟。

"给你买一架新的吧，不必带到上海去。"我说。母亲摇一摇头："你们用新的吧，我还是要这架用惯了的。"

到了上海，她首先拿出那架旧钟来，摆在自己的房里，仍是自己管理它。

它和海关的钟差不多准确，也不需要修理添油。只是外面的样子渐渐老了：白底黑字的计时盘这里那里起了斑疤，金漆也一块块地剥落了。

至于母亲，自从父亲去世后也就得了病，愈加老得快，消瘦下来，没有精力做事情。

"吃现成饭了，"她说，"一切由你们吧。"

她把家里的事情全交给了我和妻，常常躺在床上睡觉。

但是她早起的习惯没有改。天才一亮，她就起床了。她很容易饿，我们吃饭的时间就不得不和她分了开来。常常我们才吃过早饭，她就要吃中饭。她起初也等待我们，劝我们，日子久了，她知道没办法，便径自先吃了。

"一天到晚，只看见开饭，"她不高兴的时候说，"我还是住在乡下好，这里看不惯！"

真的，她现在不常埋怨我们，可是一切都使她看不惯，她说要住到乡下去，立刻就要走的，怎样也留她不住。

"乡下冷清清的没有亲人。"我说。

"住惯了的。"

"把你顶喜欢的子孙带去吧。"

但是她不要。她只带着她那架旧钟回去。第二次再来上海时，仍带着那架旧钟。第三次，第四次……都是一样。

去年秋季，母亲最后一次离开了她所深爱的故乡。她自知身体衰弱到了极度，临行前对人家说："我怕不能再回来了。上海过老，也好的，全家在眼前……"

这一次她的行李很简单：一箱子的寿衣、一架时钟。到得上海，她又把那时钟放在她自己的房里。

果然从那时起，她起床的时候愈加少了，几乎一天到晚都躺在床上，而且不常醒来。只有天亮和三餐的时间，她还是按时地醒了过来。天气渐渐冷下来，母亲的病也渐渐沉重起来，不能再按时去开那架时钟，于是管理它的责任便到了我们的手里。但我们没有这习惯，常常忘记去开它，等到母亲说了几次钟停了，我们才去开足它的发条，而又因为没有别的时钟，常常无法纠正它，使它准确。

"要在一定时候开它，"母亲告诉我们说，"停久了，就会坏的。你们且搬它到自己的房里去吧，时时看见它就不会忘记了。"

我们依从母亲的话，便把她的时钟搬到了楼上房间里。几个月来，它也很少停止，因为一听到它的敲声的缓慢无力，我们便预先去开足了发条。

但是在母亲去世前的一个月里，我们忽然发现母亲的时钟异样了：明明是才开足二三天，敲声也急促有力，却在我们不注意中停止了。我们起初怀疑没放得平稳，随后以为是孩子们奔跳所震动，可是都不能证实。

不久，姊姊从故乡来了。她听到时钟的变化，便失了色，绝望地摇一摇头，说："妈的病不会好了，这是个不吉利的预兆……"

"迷信！"我立刻截断了她的话。

过了几天，我忽然发现时钟又停止了。是在夜里三点钟。早晨我到楼下去看母亲，听见她说话的声音特别低了，问她话老是无力回答。到了下半天，我们都在她床边侍候着，她昏昏沉沉地睡着，很少醒来。我们喊了许久，问她要不要喝水，她微微摇一摇头，非常低声地说："不要喊我……"

我们知道她醒来后是感到身体的痛苦的，也就依从着她的话，让她安睡着。这样一直到深夜，我们看见她低声哼着，想转身却转不过来，便喂了她一点点汤水，问她怎样。

"比上半夜难过……"她低声回答我们。

我觉得奇怪，怀疑她昏迷了。我想，现在不就是上半夜吗，她怎么当作了下半夜呢？我连忙走到楼上，却又不禁惊讶起来：原来母亲的时钟已经过了一点钟了。

我不明白，母亲是怎样听见楼上的钟声的。楼下的房子既高，楼板又有二层。自从她的时钟搬到楼上后，她曾好几次问过我们钟点。前后左右的房子空的很多，贴邻的一家，平常又没听见有钟声。附近又没有报时的鸡啼。这一夜母亲的房子里又相当不静寂：姊姊在念经，女工在吹折锡箔，间而夹杂着我们的低语声、走动声。母亲怎样知道现在到了下半夜呢？

　　是母亲没有忘记时钟吗？是时钟永久跟随着母亲吗？我想问母亲，但是母亲不再说话了。一点多钟以后她闭上了眼睛，正是头一天时钟自动地静默下来的那个时候。

　　失却了一位这样的主人，那架古旧的时钟怕是早已感觉到存在的悲苦了吧？唉……

# 李广田：在别墅

因为养病，住在乡下的别墅里，同来做伴的，只有母亲。

叫作别墅，也只是说着好听罢了，其实，也不过是旷野的几间农舍，四围又绕上了一圈短垣。这农舍，距我们的市镇尚有十里，举目四望是绿树，是田禾。农舍附近，就是自家的农田之一部。在农田之一角，有自家的一片榆林。

"娘，我将做些什么来自己消遣呢？"时常向母亲提出了这样的问题，像三岁的小孩似的，觉得什么事也不能做，除非得到了母亲的允许或帮助。这时，母亲便照例地回答我说："医生再三嘱咐，不准你做什么事，你只好晒晒日头，睡睡觉，就已经够了。"

实在地，同母亲住在一块，我还能有什么可做呢。书，是不让读的；信，也不许写。一切文具，都不在手下，就是偶尔想写下点什么记号之类也不可得。原先住在镇上，那里有许多可以谈天的人，无论是那些吸着长烟管的农夫或踢毽子打球的孩子们，都会给我以欣慰。然而，怕我受不起那些烦扰，才终于搬到了野外来。虽然自己最怕寂寞，为了养病，也不能不安于寂寞了。而母亲呢，终日只打算着我饮食起居的事，便已操劳不少，老年人只为了儿子的病而担忧的心情，我已深深地体谅到了，我不愿意在任何事情上违背母亲的意思。

有一天，当吃着晚饭的时候，母亲忽然想起来似的，说："明天是镇上的市集了，我想去买些菜来。如能买到一只鸡便好了，因为昨天镇上的王家伯母来，说你是应当吃鸡的，可作药物，又可以当饭吃的呢。"说着，显出很得意的样子，征求我的同意。次日清晨，用过早点之后，母亲便独自到市集去了。回来时日已向午，母亲很得意地说："不但买了鸡来，还学了吃鸡的方法来呢。"便从麻袋里放出一只肥大的公鸡来，黑羽毛，金颈项，顶上的冠子大而且红，昂了首，抖擞着精神，是一只很可爱的公鸡。可惜在腿上还系着只破鞋，像戴着脚镣一般，使它不能十分自由，不然我想它怕要逃去了。

"是今天就杀呢，还是等到明天？"母亲问。

"不，"我摇头回答，"且养它几天再说吧。"

母亲又接着说："养它几天也可以，或者还可以养得更肥些呢。"我听了这话，觉得颇不舒服，但也不好说出什么，心想："这只鸡，终于是要为我而死的了。"

次日清晨，不等母亲呼唤，我便起床了，出乎意料的高兴，因为我听到了被买来的那只公鸡的早啼。对这只即使将要被杀，也还尽着这司晨的义务的禽，觉得很可感激，但同时又觉得很可哀怜，"让它活下去吧"，就有这样的心思。当散步归来时，看见母亲撒些谷粒给那鸡吃，那鸡也就泰然地啄食，对于那饲养它的人，表示出亲昵的样子。

"听了鸡叫，所以才早起的呢。"

"真的吗？那么就留它叫五更好了。"母亲这样回答，仿佛很体谅我的用心。

午饭后，我把这鸡带到榆林间去，因为那里有东西可以啄食，如草叶、草实、野葡萄子之类，在荒草里也可以找到青色的小虫，这更是很好的鸡的食饵了。当这鸡在那草地上任意啄食时，我也在帮它寻取，每当捉得一只青虫或蚂蚱之类时，便咕咕咕咕地把鸡唤来，并给它吃。它总是绕在我身旁不去，并时常抬起它那带着红冠的头来向我注视，也在喉间发出很轻微的咕咕鸣声。

这样的日子，过了三五天，母亲不曾提起过杀鸡的事，只有时候说"这鸡更肥了"，并不再说别的。我呢，也乐得来这样下去，病虽依然如初，说是吃掉一只鸡便可痊愈的事，谁能相信呢。我每天带着这只被留下来的公鸡到榆林间去，在那里游戏，在那里休息，不但忘却了寂寞，且也过了些有趣的日子。仿佛一只鸡也就懂得人的心思似的，对自己表示出那样的友情：几乎是不能相离地，它永是跟在我脚后，坐下来，它伏在我的身旁，有时，竟要飞到我的身上来了，捉到青虫时，便可在我手心里被它啄食，很是可喜。有时，它失迷在那些榆林的荒草里去了，只要听到咕咕的呼唤，便摇摆着肥重的身体向我奔来。夜里就宿在屋前的坶中，清晨便把我从梦中唤醒。

是某日的晚间，天空阴得颇浓，好像就要下雨了。用过晚饭之后，母亲说："天很冷，早些上床睡吧。"还不等入睡，便听到窗外沙沙的雨声了。明晨醒来，已是早饭时候，外面的雨声还是不停。对于自己的这样懒起，觉得很不高兴，好像在后悔着什么，又好像在怨恨着那雨。仔细想时，原来是母亲既未把我唤醒，又不曾听到鸡声。为什么今天会没有了鸡声呢？觉得很是可疑。当我随便地洗过手脸之后，看见母亲很慌忙地冒着雨从厨房里走来，两手上捧着一碗热气腾腾的东西放在我的面前，并说："快点吃吧，鸡已煮好了。"

我很久地沉默着，望着那碗上的热气向上蒸腾，眼前只是一片模糊。在雨声中，听到母亲在一旁用颤抖的声音说："怎么还不快吃呢？等会就凉了。好容易，费了一夜的工夫才给你煮好，而且还是神煮！"说着，也坐在一旁沉默着。我们都沉默着，而且沉默了很久。

所谓"神煮"者，这便是母亲所说的，学来的那煮法了。把鸡杀死洗净之后，并不切碎，也不加油盐之类，只放在清水里煮熟，而所用柴薪，又只限于用谷秸七束，在锅里煮过一夜之后方取食，据说，这样煮法就可以医病。

听了母亲的再三督促，觉得很是难忍。最后，母亲竟哭着说："原是希望给你治病的，既这样，我还有什么希望呢。"说着，就不能自已地呜咽起来。我也只有忍着泪，服从了母亲的命令。

又过了几日，母亲说："再去买只来吃吧。"我说："吃过一次病也不见好，也就不必再买了。"此后，便不再提起关于吃鸡的事。至于自己的病呢，确也不曾见好，医生说还须继续静养，很想早搬回镇里去住，也不可能，只是依然过着那幽静的日子，在野道上缓步，在榆林间徘徊或沉思。

# 李广田：或人日记抄

正当大家高高兴兴忙于准备过节的时候，万里外飞来了一封家书，弟弟说：母亲去世了！

我感到一片茫然，不知从何说起，也不知从何想起。

母亲是八十几岁的人了，辛辛苦苦过了一世，幸而活到了解放后的今天，过了些比较称心的日子。但是，年岁是不饶人的，担心着的事情，还是这样突然地降临了。

我努力唤起我对于故乡和童年的回忆，希望母亲的一生在我的记忆中再度显现。可是，我想起来的是什么呢？别的事情都有些模糊，独有下面的情节使我永难忘怀，而且每当想起这些往事，我就感到难言的痛苦。

我的家庭是中农成分，自从我记事之日起，几十年来一直都是如此。不过，在解放以前，由于反动统治的压迫剥削，所谓中农，也已经破落不堪了。我清清楚楚地记得，我小的时候，家里有一套完好的大车，但后来却变成了一辆破破烂烂的车子，行不得了。家里曾经养过一牛一马（那是恰好可以驶那辆大车的），后来却只剩了一头老黄牛，也瘦得只余一个骨头架子。我还记得从前房子是比较整齐的，过了些年，我从远方回家一看，有几间房子已经塌了房顶，几间勉强支持着的老屋，屋顶上也长满了荒草，好像蓬头垢面的老人。总之，家里已是一片衰败景象。当然，虽说败落，却也还没有落到朝不保夕的地步。这是因为，我的父亲母亲，都是自己能够劳动的人，他们从年轻时候起，一天到晚，都是在自己的田地里劳动，年纪大了，也还是照样劳动。我的弟弟也是一个好庄稼人，他那么诚朴勤俭，那样喜欢劳动，很像我父亲的当年。就这样，一年到头，总还是可以糊口的，只不过有时候听到父亲长吁短叹，说道："看起来，日子是越过越难过了！"幼小者，当然是无知无识，对于家里的生计，是不会挂在心上的，自己心里所想的，倒是一些非常美妙的事物。然而，不妙的事物，却不断发生着。我越来越感觉到，父亲对母亲的态度，是多么可怕呀！他经常骂母亲，母亲不敢回答，只是暗自叹息，有时藏在自己屋里啜泣。有一次，我刚从外面回家，忽然听到父亲大声詈骂，却不见人影。循声寻去，才发现父亲把母亲关在屋里，一面斥骂，一面不知用什么沉重的东西在母亲身上抽打。我害怕极了，父亲用力抽打的声音，比打在我自己身上还更痛楚。若是打我自己，我会咬住牙根一句话也不说的。我听见母亲哀哀啼哭的声音，我的心快要痛裂了。我想哭，却又哭不出来，我的心里已经被恨的感情充满了。我恨，我恨的是谁呢？难道是恨我自己的父亲？不，我分辨不清楚。我总认为父亲是个好人，他从来不欺侮人，他受了外人的欺侮也从来不想报复，我怎么能恨这样的人呢！但是，他又为什么这样打我的母亲？母亲犯了什么不得了的过错？我真是想不通。我用力推那屋门，门关得紧紧的，一点也推不动。失望之余，我这才哇地哭了出来。

以后，隔不多久，就会有这类的事情发生。我还是不知道为什么，我很痛苦，我想问，又不知道应该问谁。

终于，我算是弄明白了，是当我到邻家去找一个小伙伴时，听人家告诉的。人家说：我外婆家本来很穷，现在越穷得难以度日了（这是我知道的，我父亲总不让我到外婆家去）。我的外婆又经常卧病不起，我那个"拙于谋生"的舅舅，无可如何，就只好向我母亲求援。当父亲不在家的时候，舅舅就来家里取点米面或干粮回去，我那母亲也偶尔拿些东西去外婆家帮顾帮顾。就是这样，不料终于被父亲觉察了。父亲虽然这样凶暴地对待母亲，母亲却还是不顾死活地帮顾自己的老母亲和亲兄弟。

我的同情心自然是在母亲一边的，我很想帮助母亲，但是无可如何。母亲也从来不让我知道这些事，她却是假装无事似的，依旧对我那么慈爱。我只是暗暗地抱怨自己的父亲，他为什么会变得这样呢？难道他不知道外婆家里经常断炊吗？我想问问父亲，却又十分害怕。我是知道父亲的脾气的。我从人家后园移了月季花来栽在自己窗前，父亲看见了，一怒而把我的月季花拔掉，而且用力把月季花丢到房顶上。我为了报复他，当他不在的时候，用尽了力气，把父亲幼年时种在水缸旁边的枸杞拔断了。这一下，可惹下了滔天大祸，如不是母亲护着，真不知会落个什么下场。现在由于母亲受到这样的委屈，我更害怕父亲了。以后，我渐渐长大，我就离开了家乡。我在外边常常想起家里这些可怕的争吵，殴打的声音、啜泣的声音，还常常在我耳朵里发出回响。虽然我也渐渐地懂得了为什么会有这些事，我对于我那辛苦一世的父亲也还是感到不易理解。

我的父亲是在抗日战争时期去世的，我没有看见他最后的颜色。现在，我的母亲又去世了，我还是没有来得及回去。接到弟弟来信，稍稍沉静之后，我所想起来的只是这件事，可见这件事在我幼小的心灵中刻下了多么深痛的伤痕。

如果死而有知，我想母亲一定会告诉父亲说："过去的事情，你大概不会忘怀，那时候你只责怪我，那是因为你不懂事。我活到了新社会，我就懂得了很多新道理，过去那类事，再也不会有了。孩子们，乡亲们，现在都过得很好，因而，也让我们老年人一同高兴吧。"

以上，是某某同志的日记的一章。得到他的同意，我一字不易地照抄在这里。日记里所说的那个父亲确是一个好人，正如那个母亲是一个好人一样，这是我早就知道的。两个老好人，就这样互相折磨了多少年。那个早死的父亲，他自己不可能知道是怎么回事，那个后死的母亲就似乎知道了一点。日记的作者当然是知道的，但他也只记下了这一现象，或者说，他在这段充满了感情的日记里用简单的笔触画出了这一形象，而这又不只是一个父亲或一个母亲的形象，而是在旧社会里的一种意识形态。我之所以珍视这段日记，其原因正在于此，因为这可以进一步加以分析，作为我正在从事的"社会意识发展史"研究的一个生动的实例。

# 何家槐：母亲

看见一阵人穿得清清楚楚地打她身边走过，母亲亮着眼睛问：

"你们可是看火车去的？"

"是的，阿南婶！"

"我也想去。"

"要去就去，又没有谁阻止你。"

可是母亲摇摇头，她不能去，虽则没有谁阻止。她成年忙碌，尤其是在收豆的时候。这几天一放光她就起身，把家事料理妥当以后，她又忙着跑到天井里，扫干净了地，然后取下挂在泥墙上、屋檐下，或者枯树枝中间的豌豆，用一个笨重的木槌打豆。

这几天天气很好，虽则已是十一月了，却还是暖和和的，像春天。

母亲只穿着一身单衣，戴一顶凉帽，一天到晚地捶着豌豆，一束又一束的。豆非常干燥，所以打豆一点不费力，有许多直像灯花的爆裂，自然而然地会裂开，像珍珠似的散满一地。可是打完豆以后，她还得理清枯叶泥沙，装进大竹篓，而且亲自挑上楼去。这些本来需要男子做的事，真苦够她了。

催，催，催，催，催，催，……

她一天打豆，很少休息，连头也难得一抬。可是当她听到火车吹响汽笛的时候，她就放下了工作，忘神地抬起头来，倾听，闭着眼思索，有时还自言自语：

"唉，要是我能看一看火车！"

车站离我们家里并不很远，火车经过的时候，不但可以听到汽笛的声音，如果站在山坡上，还能够看见打回旋的白烟。因为附近有铁路还是最近的事，所以四方八面赶去看火车的人很多。

母亲打豆的天井，就在大路旁，村里人都得经过她的身边，如果要去火车站。一有人过去，她总要探问几句，尤其当他们回来的时候：

"看见了没有？"

"自然看见了，阿南婶！"

"像蛇一样的长吗？"

"有点儿像。"

"只有一个喷火的龙头，却能带着几十节几百节的车子跑，不很奇怪吗？"

"真的很奇怪。"

因为她像小孩子似的，不断地问长问短，有许多人简直让她盘问得不能忍受：

"我们回答不了许多的，阿南婶，最好你自己去看！"

"我自己？"

她仿佛吃了一惊，看火车，在她看来像是永远做不到的事。

"是的，你要去就去，谁也不会阻止你！"

可是母亲摇摇头，她不能去，虽则没有谁阻止。她一生很少出门，成年累月地给钉在家里，像钉子一样。

在这呆滞古板、很少变化的生活中，她对火车发生了很大的兴趣。那悠长的、古怪的汽笛，尤其使她起了辽远的、不可思议的幻想，飘飘然，仿佛她已坐了那蛇一样长的怪物飞往另一世界。不论什么时候一听到那种声音，她就闭上眼睛，似乎她在听着天外传来的呼唤。完全失神一样地，喂猪她会马上放下麦粥桶，洗衣服她会马上放下板刷，在煮饭的时候，她也会立刻抛开火钳，有时忘了添柴，有时却尽管把柴往灶门送，以致不是把饭煮得半生半熟，就是烧焦了半锅。

"你也是坐着火车回来的吗？"

她时常问从省城回来的人。

"是的，阿南婶！"

"火车跑得很快吗？"

"一天可以跑一千多里路，我早上还在杭州，现在却在这儿跟你讲话了。"

"那么比航船还快？"

"自然自然。"

"它是怎样跑的呢？"

"那可说不上来。"

"哦，真奇怪——"她感叹着说，"一天跑一千多里路，如果用脚走，脚胫也要走断了。这究竟是怎样的东西，跑得这样快，又叫得这样响！"

"……"

跟她讲话的人唯恐她噜苏，急急想走开，可是母亲又拉住问：

"你想我能坐着火车去拜省城隍吗？"

"自然可以的，阿南婶，谁也不会阻止你！"

可是母亲摇摇头，她不能去，虽则没有谁阻止。她举起木槌，紧紧地捏住一束豌豆，很想一槌打下去，可是一转念，她却深深地叹息了。

# 孙犁：母亲的记忆

母亲生了七个孩子，只养活了我一个。一年，农村闹瘟疫，一个月里，她死了三个孩子。爷爷对母亲说："心里想不开，人就会疯了。你出去和人们斗斗纸牌吧！"

后来，母亲就养成了春冬两闲和妇女们斗牌的习惯，并且常对家里人说："这是你爷爷吩咐下来的，你们不要管我。"

麦秋两季，母亲为地里的庄稼，像疯了似的劳动。她每天一听见鸡叫就到地里去，帮着收割、打场。每天很晚才回到家里来。她的身上都是土，头发上是柴草。蓝布衣裤汗湿得泛起一层白碱，她总是撩起褂子的大襟，抹去脸上的汗水。

她的口号是："争秋夺麦！""养兵千日，用兵一时！"一家人谁也别想偷懒。

我生下来，就没有奶吃。母亲把馍馍晾干了，再粉碎煮成糊喂我。

我多病，每逢病了，夜间，母亲总是放一碗清水在窗台上，祷告过往的神灵。母亲对人说："我这个孩子，是不会孝顺的，因为他是我烧香还愿，从庙里求来的。"

家境小康以后，母亲对于村中的孤苦饥寒，尽力周济；对于过往的人，凡有求于她，无不热心相帮。有两个远村的尼姑，每年麦秋收成后，总到我们家化缘。母亲除给她们很多粮食外，还常留她们食宿。我记得有一个年轻的尼姑，长得眉清目秀。冬天住在我家，她怀揣一只蝈蝈葫芦，夜里叫得很好听，我很想要。第二天清早，母亲告诉她，小尼姑就把蝈蝈送给我了。

抗日战争时，村庄附近，敌人安上了炮楼。一年春天，我从远处回来，不敢到家里去，绕到村边的场院小屋里。母亲听说了，高兴得不知给孩子什么好。家里有一棵月季，父亲养了一春天，刚开了一朵大花，她折下就给我送去了。父亲很心痛，母亲笑着说："我说为什么这朵花早也不开，晚也不开，今天忽然开了呢，因为我的儿子回来，它要先给我报个信儿！"

1956 年，我在天津，得了大病，要到外地去疗养。那时母亲已经八十多岁，当我走出屋来，她站在廊子里，对我说："别人病了往家里走，你怎么病了往外走呢！"

这是我同母亲的永诀。我在外养病期间，母亲去世了，享年八十四岁。

# 秦牧：梦里依稀慈母泪

有一位我所敬爱的长者——杜国庠同志（哲学家，曾任中国科学院广东分院院长），生前曾经这样对我说过："母亲是最值得怀念的。一个人能够长大，一般来说，主要靠母亲。母亲们含辛茹苦，在养育孩子上的功劳，是一般做父亲的难以比拟的。"他这番话，我很有同感。我还记得杜老早年用过的一个笔名，就叫作"念慈"。

大概也就是由于这样的缘故吧，世间人们所写的怀念母亲的文章，比怀念父亲的要多得多。有时，我也很想写一篇。但人的感情是很奇特的，对于太熟悉、太亲切的人，提起笔来，思潮如涌，有时反而有一种"欲说还休"的感情。我经常怀念我的母亲，但是多年来却始终没有写成什么文章。

最近，因为有所感触的缘故，终于下决心要写一篇了。我的父亲原本是乡间的一个裁缝，后来漂洋过海，浪迹南洋各地，当了资方代理人，成为新加坡一间米行的经理；但是最后又破了产，摒挡回国。在他比较有钱的时候，他娶了三个妻子（按照旧的传统说法，是一妻二妾），我的生母和三母，都是"妾"。她们

　　两人有一些相同的命运，小时候都当过婢女，长大了都做"妾"。

　　在旧社会生活过，或者读过《红楼梦》之类小说的人，都知道婢女、丫头（在广东又有"赤脚""妹仔"之类的别称）是怎么一回事。旧时代，贫苦人家（大抵是农民，自然也有少量城市贫民），在穷得无以为生的时候，就把女儿卖给大户人家当婢女。如果是在哀鸿遍野的旱涝凶年，有些地方还会出现"人市"，成群女孩子被插上"草标"，作为贩卖的标志。

　　平常年景，贩卖就是零星地进行的了。每当一户农家穷得生活不下去的时候，"中人"就上门了，把他们的十岁左右的女孩子带给大户人家看看，那些地主绅商们的女眷就出来评头品足。凡是相貌标致的，身体健壮的，价钱就多一点。因为等到这些婢女长大的时候，转卖出手时价钱也可以相应高些。凡是相貌差的，身体弱的，脸上受过伤，"破了相"的，或者"流年八字"不好的，价钱就给压低了。被卖的女孩子一过门以后，往往就给改了名字，什么春兰、夏莲、秋桂、冬梅之类就是。有些穷家女孩子被卖断以后，父母要来探视她们都很困难。有的大户人家根本不让进门。有的穷父母三两年来一趟，还得拿红桌裙围着身子，才算"辟了邪"，准许走进"花巷"（就是从侧门进去的地方）和女儿短暂聚一聚。好些婢女的卖身契，还有写着"凭中说合，一卖千休""倘有落水夭亡，各安天命"的。婢女买卖，实际上可以说是古老的奴隶制社会的残余。

　　我的生母叫作吴琼英，三母叫作余瑞瑜。这自然都是后来起的名字，她们做丫头时的名字，生母叫作"莲香"，三母叫作"绿霞"。因此，我从小听到的关于丫头生活的故事特别多，她们告诉我，有些丫头被养主鞭打，每天早上到河边洗衣的时候，常常各自揭开衣袖裤管，彼此出示伤痕。有的丫头由于吃不饱，竟偷生米、捉盐蛇吃。有的丫头晚上给"老奶奶""少奶奶"捶腰的时候，由于太疲倦了，打着瞌睡，竟给那些老奶奶、少奶奶一脚踢下床来。我的三母亲告诉我，有一户人家，一个少爷为了寻开心，晚上特意支使一个丫头上镇买东西，他自己则扮神扮鬼，装成活无常的样子，头上戴着高帽，脖子上挂着冥镪，还画黑了脸，躲在暗处，当丫头走进暗巷的时候，他大喝一声闯了出来，竟把那个丫头吓得瘫倒在地，最后不治身死。

但是，我的这两个母亲很少谈及自己的婢女生涯。上面提到的那些事情，大抵是她们的同伴或者附近人家的。不过，她们自己的生涯，不待说，也是相当凄苦的。

读者们大概会这样想：我在这里记叙的主要是我的生母的事迹。但实际不然，我虽则也会谈谈我的生母，但主要部分却是谈我的三母。她给我的印象，比生母给我的还要深。

我的这两位母亲，由于少年时代都曾经度过艰难竭蹶的生活，长成后健康都很差。我的生身母亲吴琼英患有肺病，在我八九岁的时候就逝世了。她生前，对待儿女十分严格，操持家务井井有条。她常常把少年时代的悲苦生活告诉我们兄弟姊妹，要我们立志向上，同情穷人。她长期受疾病的折磨，曾有一个夜里企图悬梁自尽，解除痛苦，被我的弟弟发现，弟弟号叫起来，全家人都惊醒了，她这才被父亲从绳套里救了下来。但是不久她就因病重逝世了。我们兄弟姊妹围着她的遗体哭泣，她的眼角竟然渗出了泪水，这事情给我们的印象当然非常深刻。

当时我完全不能理解这是什么原因，到了长大以后，我才知道人刚刚死亡的时候，并不是全身的器官同时死亡的，有的器官还保持着一定的机能，所以一个人刚咽气的时候，并非任何器官对外界的影响都毫无反应。

生身的母亲死后，三母亲就从乡间远涉重洋前来照顾我们了（原本和大母亲一同住在乡下）。此前，我的生母在世的时候，她也曾经到新加坡来小住过，相处也还融洽，我们都认识她。按当时的习俗，我们叫她"三姐"。因为照封建社会的规矩，儿女们对父亲的妾侍，丫头出身的母亲只称为"姐"（生母例外）。这规矩，到了多年以后，我们才不管三七二十一，把它破除了，改口称她为"三姨"。但是，直到如今，我的叔伯兄弟提起她时仍然称呼为"三姐"，这样的称呼使我异常厌恶。似乎一个女人只要是丫头出身的，一辈子都要低人三分。封建习俗的残余在中国的确是相当严重的。

三姨自己没有生儿育女，而我的生母却养下了七个男女。当她来到新加坡我们这个海外的家，照料我们的时候，她才三十多岁，照现在的标准来说，还是个"女青年"呢！但是她已经要挑起教养七个不是自己所生的孩子的责任了。

她的身子一直都很瘦弱，体重从来没有超过一百斤。而且，她又有昏眩病，每当发作起来，就脸色铁青，咬紧牙关，不省人事。要旁人撬开她的嘴巴，灌下药去，才逐渐苏醒。但是在她能够下床走动的时候，就总是很勤劳地操持家务。她，一个婢女出身的人，当然没有受过什么学校以至私塾的教育，然而依靠自己随处留心，居然也认识一些字，可以看懂普通的书信和便条，只是不能书写而已。

我小的时候异常顽皮，是兄弟姊妹中受父母惩罚最多的一个。在学校被老师打，回到家里被父母打，因此常常遍体鳞伤，鞭痕像大蚯蚓似的遍布在小腿大腿上。这些鞭痕，有些是三姨给我的，但是她打我厉害的程度，并没有超过我的生身母亲。由于我比较倔强和调皮的缘故，有时她打我，我也打她（那时我大概十岁的样子），两个人像走马灯团团转地扭打着。照一般人的看法，这样的非亲生的母子关系，以后发展下去一定很糟糕了。但是事实不然，到我长大以后，我们母子关系是相当好的，原因是：三姨既有严格的一面，也有慈爱的一面。例如，当事过境迁以后，她有时就噙着泪水给我的伤口涂药。即使是小孩子，对于大人的善意或者恶意，也是常常有很好的判断力的。在当时，她可能认为"打"是最好的教育方法之一了。

在这么一个家庭里，管这么一大群孩子，真不是一件简单的事。我的大哥患肺病，常常需要煎药照料。我的小妹妹由于是在我母亲病重时产下的，先天不足，孱弱爱哭，三姨在她身上特别花费了巨大的心力。我的小妹妹后来和她的感情极好。

我的父亲是一个豪迈好学的商人，足迹踏遍南洋各地。到过好些国家，很爱读书。但是他酗酒成性，每当酒醉后回家，常常大吵大闹，有时也对三姨乱发脾气，这样的场面出现了多次。在这种场合，我们总是把同情放在三姨一边。一个人在小时候的境遇，对他以后一生的发展的确很有关系，由于对父亲酗酒的反感，我长大以后，竟成为一个不会喝酒的人，一杯白酒就足以使我醉倒。

当父亲破了产之后，我们的日子就很不好过了。不久他摒挡一切回国，除大哥在一间酒店工作，大姊已经出嫁，留在新加坡外，我们都被带回"唐山"乡下。这时我们家境大不如前，我念书的学费，有的是三姨拿出她的私蓄来供应的。事情隔了几十年，有些场面我还记得很清楚，那就是：每当夜读时，她拭亮了灯筒，为我点火的场面；我上床之后，她用蚊灯细细照蚊子的场面；以及她从柜子里取出一些小小的金饰，瘦弱的手拿着厘秤，称着重量，给我作为学费的情景。

那时我们的家境很困难，她拿出这些仅有的微小金饰，是大不容易的。她常常织网换取微薄的收入，补充生活。织网所得异常微小，大概是一千网眼才三两个铜板吧。网店在这宗生意上进行了惊人的剥削。夜里，每当我在灯下读书的时候，听到三姨一针一针织网的声音，常有一种心碎的感情。

有一次，我患上严重的皮肤病，手上、腿上，生了许多疥疮。三姨耐心地为我洗涤、涂药。那时，我虽然只是十三四岁的少年，也很过意不去。心想"将来我长大了，一定要很好报答她"。

少年时代的心愿，到我长大以后，总算在若干程度上实现了。抗战期间颠沛流离，经常穷困不堪，和家乡的通信联系也断绝了，那段时间除外；抗战胜利以后，我几乎有三十年的时间，每月拿到工资，第一件事就是给三姨汇寄生活费，并曾专程好几次回家探望她。一九七一年那一次，十年动乱期间，我在九死一生之后，回乡看她，离别时我在巷里走了几十步，看到她不在大门旁，又折回家里看她一次，见到她为伤别之情所折磨，哭倒在床上。我想到这可能是最后一面，平时极少哭泣的我，眼眶也发热了。过了几年，她终于逝世，我为此悒悒郁郁地过了好些日子。

三姨给我的印象，比生母给我的还要深得多。新中国成立前，她知道我和革命生活多少有些关系，并没有阻拦我，只是叮嘱我要小心而已。"精诚所至，金石为开"，不是亲生，也可以建立起真挚的母子之情的。

我们这一家，也是一个例子。

现在，和睦亲爱的家庭很多。但是，吵吵闹闹、几无宁日的家庭也不是很少。有些人对于同处一个家庭的非亲生孩子，即配偶以前和别人所生的子女，一点爱心都没有，以至于水火不能相容。有些人对于继母继父，也视同仇敌。更有些人，被极端个人主义所支配和腐蚀，连对自己的生身父母，也冷冷淡淡，甚至横加虐待。每当看到这些事情时，我就感触很多，甚至十分愤慨。我写出上面这些事情，不仅是抒发我个人缅念三姨之情，同时，也想让人们知道，不是血缘关系的父母和子女之间，也是可以建立起深厚的感情的。

爱是生活中的暖流，我们的生活不能缺乏爱。但是一个人要得到别人真正的爱，首先要懂得怎样去爱人。社会主义的精神文明，比这个又有更高更高的要求了。

# 汪曾祺：我的母亲

我父亲结过三次婚。我的生母姓杨。我不知道她的学名。杨家不论男女都是排行的。我母亲那一辈"遵"字排行，我母亲应该叫杨遵什么。前年我写信问我的姐姐我们的母亲叫什么，姐姐回信说：叫"强四"。我觉得很奇怪，怎么叫这么个名呢？是小名么？也不大像。我知道我母亲不是行四。一个人怎么会连自己母亲的名字都不知道呢？因为我母亲活着的时候我太小了。

我三岁的时候，母亲就故去了。我对她一点儿印象都没有。她得的是肺病，病后即移住在一个叫"小房"的房间里，她也不让人把我抱去看她。我只记得我父亲用一个煤油箱自制了一个炉子，煤油箱横放着，有两个火口，可以同时为母亲熬粥、熬参汤、燕窝。另外还记得我父亲雇了一只船陪她到淮城去就医，我是随船去的。我记得小船中途停泊时，父亲在船头钓鱼，还记得船舱里挂了好多大头菜。我一直记得大头菜的气味。

我只能从母亲的画像看看她。据我的大姑妈说，这张像画得很像。画像上的母亲很瘦，眉尖微蹙，样子和我的姐姐很相似。

我母亲是读过书的。她病倒之前每天还写一张大字。我曾在我父亲的画室里找出一摞母亲写的大字，字写得很清秀。

前年我回家乡，见着一个老邻居，她记得我母亲，看见过我母亲在花园里看花——这家邻居和我们家的花园只隔一堵短墙。我母亲叫她"小新娘子"。"小新娘子，过来过来，给你一朵花戴。"我于是好像看见母亲在花园里看花，并且觉得她对邻居很和善。这位"小新娘子"已经是八十多岁的老太太了！

我还记得我母亲爱吃京冬菜。这东西我们家乡是没有的，是托做京官的亲戚带回来的，装在陶制的罐子里。

我母亲死后，她养病的那间"小房"锁了起来，里面堆放着她生前用的东西，全部嫁妆——"摞橱"、皮箱和铜火盆，朱漆的火盆架子……我的继母有时开锁进去，取一两样东西，我跟着进去看过。"小房"外面有一个小天井。靠南有一个秋叶形的小花台。花台上开了一些秋海棠。这些海棠自开自落，没人管它。花很伶仃，但是颜色很红。

我的第一个继母娘家姓张。她们家原来在张家庄住，是个乡下财主。后来在城里盖了房子，才搬进城来。房子是全新的，新砖，新瓦，油漆的颜色也都很新。没有什么花木，却有一片很大的桑园。我小时就觉得奇怪，又不养蚕，种那么多桑树做什么？桑树都长得很好，干粗叶大，是湖桑。

我的继母幼年丧母，她是跟姑妈长大的，姑妈家姓吴。继母的姑妈年轻守寡。她住的房子二梁上挂着一块匾，朱地金字："松贞柏节"，下款是"大总统题"。这大总统不知是谁，是袁世凯？还是黎元洪？吴家家境不富裕，住的房子是张家的三间偏房。老姑奶奶有两个儿子，一个叫大和子，一个叫小和子。两个儿子都没上学校，念了几年私塾，专学珠算。同年龄的少年学"鸡兔同笼"，他们却每天打"归除""斤求两，两求斤"。他们是准备到钱庄去学生意的。

我的继母归宁，也到她的继母屋里坐坐，但大部分时间都在这三间偏房里和姑妈在一起。我父亲到老丈人那边应酬应酬，说些淡话，也都在"这边"陪姑妈闲聊。直到"那边"来请坐席了，才过去。

继母身体不好。她婚前咳嗽得很厉害，和我父亲拜堂时是服用了一种进口的杏仁露压住的。

她是长女，但是我的外公显然并不钟爱她。她的陪嫁妆奁是不丰的。她有时准备出门做客，才戴一点首饰。比较好的首饰是副翡翠耳环。有一次，她要带我们到外公家拜年，她打扮了一下，换了一件灰鼠的皮袄。我觉得她一定会冷。这样的天气，穿一件灰鼠皮袄怎么行呢？然而她只有一件皮袄。我忽然对我的继母产生一种说不出来的感情。我可怜她，也爱她。

后娘不好当。我的继母进门就遇到一个局面，"前房"（我的生母）留下三个孩子：我姐姐、我，还有一个妹妹。这对于"后娘"当然会是沉重的负担。上有婆婆，中有大姑子、小姑子，还有一些亲戚邻居，她们都拿眼睛看着，拿耳朵听着。

也许我和娘（我们都叫继母为娘）有缘，娘很喜欢我。

她每次回娘家，都是吃了晚饭才回来。张家总是叫了两辆黄包车，姐姐和妹妹坐一辆，娘搂着我坐一辆。张家有个规矩

(这规矩是很多人家都有的），姑娘回自己婆家，要给孩子手里拿两根点着了的安息香。我于是拿着两根安息香，偎在娘怀里。黄包车慢慢地走着。两旁人家、店铺的影子向后移动着，我有点迷糊。闻着安息香的香味，我觉得很幸福。

小学一年级时，冬天，有一天放学回家，我大便急了，憋不住，拉在裤子里了（我记得我拉的屎是热腾腾的）。我兜着一裤兜屎，一扭一扭地回了家。我的继母一闻，二话没说，赶紧烧水，给我洗了屁股。她把我擦干净了，让我围着棉被坐着。接着就给我洗衬裤刷棉裤。她不但没有说我一句，连眉头都没有皱一下。

我妹妹长了头虱，娘煎草药给她洗头，用篦子给她篦头发。张氏娘认识字，念过《女儿经》。《女儿经》有几个版本，她念过的那本，她从娘家带过来，我看过。里面有这样的句子："张家长，李家短，别人的事情我不管。"她就是按照这一类道德规范做人的。她有时念经：《金刚经》《心经》《高王经》。她是为她的姑妈念的。

她做的饭菜有些是乡下做法，比如番瓜（南瓜）熬面疙瘩、煮百合先用油炒一下。我觉得这样的吃法很怪。

她死于肺病。

我的第二个继母姓任。任家是邵伯大地主，庄园有几座大门，庄园外有壕沟吊桥。

我父亲是到邵伯结的婚。那年我已经十七岁，读高二了。父亲写信给我和姐姐，叫我们去参加他的婚礼。任家派一个长工推了一辆独轮车到邵伯码头来接我们。我和姐姐一人坐一边。

我第一次坐这种独轮车，觉得很有趣。

　　我已经很大了，任氏娘对我们很客气，称呼我是"大少爷"。我十九岁离开家乡到昆明读大学。1986 年回乡，这时娘才改口叫我"曾祺"——我这时已经六十六岁，也不是什么"少爷"了。我对任氏娘很尊敬。因为她伴随我的父亲度过了漫长的很艰苦的沧桑岁月。

　　她今年八十六岁。